爆款
剧本密码

［韩］孙正铉　著

崔晓东　译

中国民族文化出版社

北京

前言

10 年前，在我自以为还生龙活虎，并对自己的体力还很有自信的时期，参加过晨练足球联赛艺术家联队（Artist United），球队名称是不是很霸气？男人就是要霸气。那个联队有"动物园"（韩国组合）的金昌基，唱过《人比花美》的安致焕，《在旷野》的作曲人文大贤，"寻乐之人"（韩国组合）等音乐人参与。我当时觉得这是和我大学时期的偶像们近距离接触的绝佳的机会，而且我本人在上小学的时候也曾是一个"叱咤风云"的前锋，所以我自认为上场后起码不会太坑队友。

记得那天第一次上场比赛，呃……我在场上完全不知所措。天啊，他们竟然熟练地打出了我只在英超联赛直播中看到过的优美的二过一撞墙式配合。而且他们的体力也相当惊人。太过于轻视晨练足球联赛而参与进去是我的一大败笔。虽然心中装着"梅西"，但是在我上场的短短的15 分钟的时间内，别说是传球，我一直在不停地祈祷"球千万不要传到我这里……"，之后就被悄悄地换下场了。

回到家我翻出了俞弘濬教授写的《我的文化遗产探访记》第6卷，把文中的这句话贴在了书桌上的醒目位置。

"人生到处有上手（高手）！"

这句话的意思是说这个世界上有很多隐藏的高手，所以不要自大，要学会谦虚。

但是，这样的我竟然出书了，而且还是打着"电视剧剧本写作指导"这种宏伟的口号。或许"无知者无畏"说的就是我这种情况。

其实我从2012年至今，给作者协会教育学院讲过4次课。在这个过程中见到了很多怀揣着电视剧编剧梦想的同学们。

我曾对其中的几位建议过："你对梦想抱有极大的热情，但是你在这方面没有天赋，我觉得你还是改行做其他的事情比较好。"但5年后，他们却打了我的脸，登上了舞台。也有我夸奖过"你有成为像卢熙京、李庆熙、金圭莞这样优秀作家的天赋，所以不管遇到什么样的困难都不要放弃"的同学，但现在却完全没有消息。

我也遇到过明明觉得他再加把劲就能成功，但是后来他却埋怨我说"老师，您当时为什么没有劝我直接放弃！"的同学；还有到现在都还在嘟囔着"我不知道坚持走这条路是不是对的"的同学。每次回想起这些故事，我都会像一个迷路的孩子一样彷徨起来。

这本书是为那些同学们写的，也是我对自己的"忏悔录"，是我曾经作为一个导演、作为一个老师叫嚷着"电视剧就是这样的"的反省。

对了！还有一点，就是希望为那些怀有电视剧编剧梦想的学生提供一个有效的方向，使他们少走一点弯路。所以在本书中我最大限度地使用了现场语言和口语，尽量像和站在我面前的学生亲切地交谈一样，甚至有时可能还带着教训的口气。就算有的地方让你觉得有点儿过分，也希望你可以宽容地谅解……同时也希望得到大家严厉的批评！

感谢每当我因为人世间的悲欢离合而开始动摇时，给予我无限安慰的秘密组织"绅士的打击"和每当这时帮我照料工作室的、秘密组织聚会咖啡店的"木凳"老板，同时对于欣然接受采访并帮助我分析作品的朴才范、郑正炫、元宥晶、郑有庆、李静恩作家表示诚挚的感谢。

对于在这个时间点依然还在现场、工作室为电视剧的发展而艰苦奋战的所有编剧和导演们，我在这里远远地为你们加油鼓劲。

2019 年 8 月　上岩洞工作室

孙正铉

推荐词

曾经听老人们说过，为了维持稳定的生计要学会一门手艺。所以我学会了写剧本，作为我的手艺。但是学习的过程没有像想象的那么简单。如果当时有像这样能让我"不求人"的写作指导书，我可能会更容易发现核心点。你可能觉得这只是一个内功不足的写作学习者的借口，但不可否认，这确实是我当时的一种真切的渴望。但是让人惊喜的是，现在终于见到了我如此渴望的"不求人"指导书。

这本书是一位导演通过多年和编剧们沟通的经验得到的宝贵的"备忘录"，同时也是一本活着的"技术指南"。这本书融入了多方面的经验和现代的写作手法，还有长年奔波于现场的匠人才能具备的清晰且充满巧妙措辞的剧本写作经验。我深信这本书值得你随身携带，作为像指导手册一样实用的向导。

——《好医生》《金科长》《热血司祭》编剧 朴才范

在过去 17 年的 SBS（Seoul Broadcasting System 首尔广播公司，韩国三大电视台之一）工作生涯中，我一直叫孙正铉 PD（导演）为"正铉哥"，他是我在这期间一起参加过最多酒局的前辈当中的一位。他可能觉得没有放唱片的酒吧就算不上酒吧，所以他只在这样的酒吧喝酒。他那不管有没有人在听，依然会拿起摆放在舞台的吉他，弹着民谣和金光石歌曲的样子到现在我依然历历在目。我怎么也不会想到那样浪漫的前辈竟然还会写书。

电视剧的剧本是为大众而写的。就像这本书上提到的，大众的心就像正在变心的爱人，想要挽留就要付出巨大的努力。这世上有数千万个变心的爱人，也有数千万个挽留对方的方法，这里没有标准答案，只能在每一个瞬间亲身体会。我们每个人都是第一次经历人生，所以自然有很多事情都是第一次经历，无论年龄多大都一样。所以，我建议大家亲自去体会一下这本书。

——《树大根深》《来自星星的你》制片人 张太侑

电视剧
既是人类学又是人生学

对不起。这段时间对梦想着成为电视剧编剧的你、还没有起步的你，我作为不靠谱的导演，教训的有些重了。我会深刻地进行反思！

"你知道汝矣岛（韩国首尔汉江上的一个小岛）晚上为什么会经常起雾吗？你知道汉江的水位到了西江大桥（位于首尔的一座大桥）后为什么突然上升吗？这些都是因为，有像你这样梦想成为电视剧编剧的学生们的泪水。"

我曾经说过像这样荒唐无比的屁话。

"你觉得是个人就可以成为电视剧的编剧吗？如果把成为编剧后，因没有编制而只能在家啃手指的人排成一排，填满光化门烛光广场都是绰绰有余的……"

我也说过这样威胁的话。

"也许你会成为汝矣岛作家教育学院毕业的废人，死后成为游荡在金山大厦 4 楼的鬼魂。"

甚至也使用过这种幼稚的语言作为结尾。呜呜……怎么做着做着反省不自觉地流下眼泪了……看来是人到了 50 岁，女性荷尔蒙的分泌也增加了。

保罗·科埃略（Paulo Coelho）老哥曾经说过："人生就像菜肴。只有经历过，才知道自己喜欢的是什么。"

我们家的家训是"不要随意干涉他人的人生"。但在这样的情况下，我还是说出了上面的那些屁话和威胁的话，就算是这样，依然都无法让你放弃想成为编剧的想法的话，那我也就不再阻拦你了。我之前一再反对你做这一行的原因是，写剧本确实非常困难。

小时候经常被老师和家长们夸赞在写作方面很有天赋的孩子，长大后可能会想着写诗和小说谋生，但是也会觉得那些领域比较高深，搞不好以后会饿肚子。在犹豫着要不要继续从事写作的时候，某天在看电视时突然想到编剧这个职业，不知为什么感觉这个工作很简单，而且如果做好的话可能还会出名，然后就开始慢慢地踏入这一行。同时还会想："我写出来的东西，肯定会火。"

但其实这一行也并不简单。甚至可能比文字创作更加困难。如果说文学是和读者进行一对一对话的方式，那么电视剧则是一种要面对从住在青瓦台的那些大人物到住在首尔站的流浪汉等众多不特定人群的"视觉叙事"方式。

我之前的胡说八道和威胁就是想要强调，光靠"要不写个剧本玩玩？"这种程度的意志，是远远不够的。

算了，我们换个话题。

"鉴于之前对你批评得太重，而且我自己也有对不起你的地方，我就慷慨一次，给你传授成为像金恩淑（《太阳的后裔》）编剧或者金英贤（《大长今》）编剧一样，收入惊人并被大众所喜爱的编剧的秘诀吧。"

其实，我也想这样对你说。但是如果你听到了我说这样的话，你会不会觉得我另有所图？而且就算有这样的秘诀，你也不可能听一两次课就能学会。

就算是对于做了四分之一个世纪电视剧的我，做编剧依然很难。因为大众的心就像已经变了心的爱人，如果想要把对方重新吸引回来，确实需要精诚所至才可以。

趁着这次难得的机会，我们可以一同思考一下。毕竟编剧是人类学和人生学，就算是我又能了解多少呢。在这里，我只是希望把我这些年在拍摄电视剧的现场和在讲课的过程中所经历的事情，原原本本地讲给你听。在听这些故事的过程中，我觉得你或许会有所收获。

目录

第2幕

——◆—— 中段 ——◆——

第3幕

—— 结尾 ——

—— 附录 ——

第 1 幕
开端

一些"毫无用处"
的提问

电视剧编剧入门时头脑里浮现的各种疑问

在正式开始进入主题前，我们首先进入一个"一些毫无用处的提问"环节。在这里我就不对提问的范围做要求了。大家可以随便提问。什么问题都可以，没关系的。

好，这位同学。什么？有没有和演员结婚的编剧？哦……

作为第一个问题是不是有点过了？我们作为想要做电视剧的"热血公民"，起码要有点品位不是吗。对于你这个问题我们私下里再说……首先从我在讲课的过程中，遇到过最多的问题——为大家解答。

Q 哪些写作指导书写得好？写作指导书要读多少本？

写作指导书。是的，读写作指导书会让你产生自己马上就能成为作家的错觉。但其实不是！学剧本的写作和高考不一样，就算你读再多的写作指导书，写作水平也很难迅速得到提升。

而且，写作指导书有一个致命的缺点，那就是虽然你读了书上写的是什么，但是真正需要用到它的时候，它不能帮助你马上把剧本写出来。所以读完后会你可能会感觉到空虚。但就算是这样，如果一本写作指导书也没有读，你可能会有一种罪恶感，所以我在这里只推荐两本书，都是非常优秀的写作指导书。

一本是布莱克·斯耐德的《救猫咪：电影编剧宝典》（*Save The Cat! The Last Book on Screenwriting You'll Ever Need*），另外一本是深山的《韩国老哥教你写剧本》。这两本书的优点是没有刻意写得难以理解，而且没有过重的学术气息，都是用现场的语言和口语进行叙述。

《救猫咪：电影编剧宝典》是对剧本三幕式结构进行了升级的版本，《韩国老哥教你写剧本》则是把有 20 多年编剧教学经历的深山老哥的经验，完完整整地装了进去。

什么，你跟我说这两本都是剧本写作指导书，不是电视剧编剧指导书？以前还会因为电影和电视剧存在差异，所以被区分为"热媒介"和"冷媒介"。但是现在这种区分已经没有什么意义了。

因为当前连续剧的固定模式正在逐渐消失，所以短剧和迷你剧剧本就要当成电影剧本来写，这样才能吸引观众。但是，在写电视剧时，你要想象着在你的旁边坐着你的外甥、你的外甥女以及你的父母，你和他们坐在一起看这部电视剧。所以不能写的过于残忍、太具煽动性或者挑战社会道德底线。

如果读完这两本书还觉得不够，可以再读一读托比亚斯老哥的《经典情节 20 种》，这本书只要读前半部分就可以了，后面讲的已经过时了，而且没什么意思。

Q 有的老师说要读古典作品，但是我不知道要读到什么程度。

读古典也挺好的。不需要花多少钱，而且显得有品位。但是，有一个致命的问题，就是古典作品往往很枯燥！我们可以一起看一下首尔大学选出来的 100 部古典作品都有哪些。

▲唐诗选（包括李白诗选、杜甫诗选）▲红楼梦（曹雪芹）▲鲁迅全集 ▲活动变人形（王蒙）▲心（夏目漱石）▲雪

国（川端康成）▲伊利亚特、奥德赛（荷马）▲变形记（奥维德）▲古希腊悲剧精选（索福克勒斯等）▲神曲（但丁）▲希腊罗马神话▲哈姆雷特、麦克白、暴风雨、皆大欢喜等（莎士比亚）▲远大前程（狄更斯）▲一个青年艺术家的画像（乔伊斯）▲哈克贝利·费恩历险记（马克·吐温）▲荒原（艾略特）▲包法利夫人（福楼拜）▲追忆似水年华（普鲁斯特）▲人的境遇（马尔罗）▲浮士德（歌德）……

呵呵……这么多怎么读得完？如果你想当大学教授，那倒有必要读完，但如果不是的话那就算了。

一个人就算再痛苦也要做自己喜欢做的事。因为对于自己喜欢的事情，你可以一遍一遍不停地去重复，在重复的过程中，某一天你会突然发现，自己已经可以在刀尖上游刃有余地起舞了。

所以，我的建议也是这样的。读那些有意思的，不要读那种观念性的、推测性的古典作品，你可以去读那些叙事的、有意思的古典作品。

比如，《基督山伯爵》就是复仇剧的典型。我就认识一位编剧，他跟我说每当写复仇剧写不下去时，就会去重温一遍《基督山伯爵》。因为他知道，他需要的所有东西都在里面。《安娜·卡列尼娜》则是四角恋情、狭隘情爱的优秀代表。

像这样每个类型选一个作品，来定制属于你自己的古典作品列表。在你写不出东西，或者写的过程中不知道怎么往下写时，可以放在手边随时翻阅。

Q 现在剧本征集大赛上流行的似乎都是迷你剧，所以我也想写迷你剧。

你的勇气可嘉，但是你现在马上动手写迷你剧就好比在音乐领域刚学钢琴没多久，才开始弹《蝴蝶蝴蝶》（童谣）的人，说要指挥管弦乐队一样。

写作也是需要肌肉的。你要先让你的这块肌肉强壮起来。就算你再心急，我还是强烈建议你先写独幕剧剧本。首先，写出 4 部以上受好评的独幕剧，接下来可以试着挑战 2 集电视剧。像这样一步步地锻炼你的肌肉。迷你剧的话，我会在本书的后半部分详细地说一下。

Q 您觉得我在电视剧编剧方面有天赋吗？您觉得我还要坚持多久？

这个问题一般是同学们写了第一个剧本后，普遍都会问的一个问题。

"哇，这太让人惊讶了！这段时间你藏得够深啊。第一部作品怎么会写得这么好？你真是天才编剧。"

100个人中肯定有100个都想听到这样的回答，但这几乎是不可能的。概率只有0.002%。

什么，你说才刚开始我就太打击你的士气了？哦……虽然我死也不想以过来人的口气教训你，但是我恰巧在你这么大的时候也写过剧本。

完成第一部作品后，我觉得自己非常优秀，为自己感到非常自豪。在等待作品品鉴会的日子里，我时常伴着惴惴不安的心情，沉浸在"如果他们说我是天才编剧，我要怎么表现出谦逊呢，要不干脆不做导演了，去做个编剧？"这样美好的白日梦里。

结果呢？

哎……我到现在也无法忘记，那天在作品品鉴会上的耻辱。确切来说是不能忘记。他们把我的剧本批判得一无是处。啊，那时我突然对批评我剧本的多数不特定人群滋生了敌意，接着就转到咒骂起整个世界来了。

"要是整个世界都被大水淹没就好了……"

甚至还产生了这种不好的想法。

"可恶！（这里的内容请你自行脑补）我这样的天才为什么就得不到认可呢？

有人会拿"1万小时的定律"来说事，也有强势的人说我的文章"是用屁股写出来的"。但是我对他们的评价是"一无所知"。

以前我教学生的时候，也有过自以为是的时期。比如，说你没有成为编剧的天赋、不要浪费时间，去寻找其他的出路，等等。但是后来发生了一些让人吃惊的事情。

5年前，我教过的学生中有一个我觉得"他是没有希望的，应该尽快寻找其他出路比较好"的学生，后来我都把他给忘了。但是5年后，这个孩子通过在网络电视剧剧本征集大赛中获奖、写的网络小说获奖等方式堂堂正正地出道了。看到这个孩子，我再一次感受到了我们家家训的伟大。

"不要随意干涉他人的人生！"

那个孩子在学习写剧本时，就算受到了各种指责和令人绝望的恶评，他还是依然喜欢写作，并不断坚持了下去。而且，他有一种作为编剧最重要的品质，那就是"对生命的怜悯和热爱"。

如果像他这样享受写作带来的残忍的痛苦，或者说是感受那份痛苦给他带来的喜悦，直到这些都习以为常，你或许也能看到什么东西，不是吗？或许你会发现你也可以成为编剧，或许你会发现人生其实还有其他的路可以走。

这是我从一篇朴赞郁导演的采访中看到的文章。是说有一天朴导演的儿子问他这样一个问题。

"爸爸，我们家的家训是什么呀？"

沉默了一段时间后，他一口气写下了5个字。

"不行就算了！"

孩子的老师看到后觉得有点儿荒唐。那么多的家训可以选，为什么偏偏选择"不行就算了！"。怎么会有这种主张失败主义的家训！

朴导演说，这个世界上有很多可以打击到你的事情。如果你喜欢做的事情和你的才能相符合，你将会无比幸福，但是人生就是这样，伤心的事情肯定比开心的事情多！所以在尽了最大的努力，发现实在不行时，不要做出跑到麻浦大桥寻短见这种愚蠢的事情。人要具备在这种情况下可以果断的大声喊出"不行就算了！"的勇气。

这是靠对生活敏锐的洞察力，轻易地发现了"敢于放弃的勇气"的伟大后得到的领悟。但是，也有人把这些当成自己不努力的借口。自己明明没有拼尽全力，随便在这里敲一下，那里打一下之后，就喊出"不行就算了！"。No！不是这样的。你自己的事情肯定你自己最清楚，你肯定知道自己是不是已经尽了全力，还是假装已经尽力了。

4 种摆脱
写作恐惧的方法

勇敢地锻炼自己的肌肉

接下来，我要讲一下摆脱写作恐惧的方法。

我知道你现在跃跃欲试，觉得什么都可以写出来。但是，当你真的坐在电脑前，你会发现你又要去看明星的八卦，又要看斗山熊队（韩国棒球队）的比赛直播，还要逛 SNS（社交网站），然后你突然发现，不知不觉中你已经跑到前男友或者前女友的脸书（Facebook）界面了。

"我现在都这么惨了，你为什么还过得这么好？"

"这么快又找了一个。真是不要脸！"

在这个过程中你的写作欲望消磨殆尽。真正的文章一行都还没写出来，你的眼睛只是干巴巴地盯着光标一闪一闪的。如果是脾气不好的同学，可能还会对着身边无辜的亲人发一通脾气。

在这个时候，不知道为什么突然约你一起喝酒的朋友变得那么多。对于这一现象，文学上称为"写作恐惧症"。刚开始谁都会遇到这种症状。这是自然现象，不要害怕。我们首先要克服这种症状。

我前面不是说过了吗？写剧本是需要肌肉的。要锻炼基本的体力，就像弹吉他时，只有手指上产生了肌肉，才能成功地按住C和弦到F和弦的全部和弦。

下面说一说歌手宋昌植。什么，你问我宋昌植是谁？认识赵容弼（1950年出生，生于京畿道华城市，是韩国家喻户晓的歌手，享有韩国的"国民歌手"之盛名）大哥吧？他是歌王。宋昌植是唯一一位可以和赵容弼大哥比肩的歌手。虽然是题外话，刚才那个说法也许是我第一个提出来的。之前对于"你的对手是谁"的提问，赵容弼大哥腼腆地回答，是"金民基（韩国老牌歌手）"。

你问我金民基又是谁？哦……喂，你怎么会连金民基都不认识？不管是学习韩国现代史，还是学习文学艺术史，肯定会碰到的人就是金民基呀。

对，就是那首，你在烛光广场（光化门广场）上唱过的《晨露》的作曲人。

什么？你问我知不知道 BTS（韩国组合防弹少年团）一共有几个人？你这是在反击吗？再怎么说我也比你大 20 多岁呢……

你是学生，而我是老师！（用金荷娜的语气）（电视剧《罗曼史》经典台词）

这些都不重要！宋昌植大哥直到现在还是，每天早上第一件事情便是拿起吉他，然后伴着节拍器"哒哒哒哒 哒哒哒哒 哒哒哒哒 哒哒哒哒"地弹起来，没有一天落下。他做的这些，是每个刚开始接触吉他的学生们都会去做的基础练习。写剧本也需要这样的练习。

现在我就给你提供，克服"写作恐惧症"的 4 个处方。

1. 拼命阅读

就是阅读自己最喜欢的独幕剧剧本。哪怕每天拿出时间阅读一组镜头，就算太忙只能看一场戏，也要每天坚持打卡。

在不断地阅读剧本的过程中，你会发现，在某个瞬间你突然学会了场景铺设方法、把握剧本的节奏感、写台词的方法等。

阅读迷你剧征集大赛的参赛作品也是一个不错的选择。

但其中太过另类的作品就不要读了。读那些有一定完成度和大众性的作品，对精神健康方面也有好处。

我在给学生们上电视剧剧本写作课程时，推荐过李庆熙编剧的《小英是我妈妈》。这部剧，现在看都会感动到流泪。还有我曾经的知己权基英编剧的《我的那个她的故事》也不错，讲述的是得了艾滋病的情侣们的故事。我当时阅读时甚至发出了"这样的题材怎么能写得这么感动？"的惊叹。这些都是独幕剧的经典作品。

2. 需要一些"你能把我怎么样"的精神

不要在意别人的眼光。反正你注定是要出丑的。在写剧本这件事情上没有天才。我在写作时期也出过大丑。要具有"别人不会太关注我的文章！"这种态度。

3. 做笔记的习惯

要把做笔记当成一种习惯。当然也有下面这样的人。

"我从来不做笔记。要问我为什么？因为我想记下来的东西，永远都不会忘掉。"

但不幸的是你跟这种人根本没办法比。所以如果听到有意思的话，你就在忘掉之前赶紧记下来。突然有了电视剧的创作灵感也要马上记下来。咖啡厅的餐巾纸上也可以记，就算是借旁边人的笔也要记下来，实在不行就记到手机上。

像这样一点一滴记下的笔记，某一天一定会让你产生好的创意。有的人主张必须要手写，但是我们暂且把这些当作是个人的癖好。

4. 阅读劣作

这只是个选择项。你可以偶尔在已经播放过的电视剧作品当中，选择自己觉得差得不能再差的作品来阅读。还可以边看边骂。

"编剧和导演是谁啊？他们是不是疯了？拍得这么烂，到底是怎么想的？那么多的制作经费都用到哪里去了？就算我现在马上动手写，肯定写得比这个好。"

可以通过这种方式来提高自己"盲目的自信心"。我们有时候也需要这样的过程。但是你们也知道，没有必要非要在我导演过的作品中选择失败的电视剧。毕竟我也是有情绪的，如果你这样做，我也会不开心，不是吗？

我已经告诉了你上面的 4 个处方，你可以选择适合你的处方服下。我接下来的话是为了以防万一。在写作的过程中，偶尔有那些为了坚定自己的决心，或者是想为自己成为编剧营造"背水一战"的环境，把手头的事情完全放掉，或者提出辞呈的人。

呃呃……不能这样。不能这样。

糊口的艰辛，糊口的辛酸，这些我都知道。但是，现在还没有到那个时候。毕竟所有的生计都是神圣的。

未来自然会出现你需要考虑要不要成为全职编剧的时期。提出辞呈的瞬间，你将不再是前景广阔的未来编剧，而是会成为无业游民，你想得更多的事情，可能不再是怎么写好文章，而是"我为什么活成了现在这个样子"这种更加实际的事情。而且还会影响身体健康。

身和心是同步的，所以要维持哪怕是最低限度的经济生活。况且，剧本的质量和个人的经历和内涵都是息息相关的。所以不管自己现在在做什么事情，都可以想着"这些都会对将来我写剧本有所帮助"。

实际上，我就认识一位编剧，他在二手汽车公司工作了很多年。他以此为背景写的一个迷你剧就被选中，正准备今年上映。

电视剧
主要是看题材

通过孙导演的黑历史学习行不通的电视剧题材

好了，到目前为止大家跟得都挺好。终于到了讲怎样制订电视剧题材的方法的阶段！在这里我们要制订"要讲述的到底是什么事情""是关于什么的故事""是关于谁的事情"等原则。在写作指导书当中，会提到各种制订题材的方法，但是仅把这些作为参考。

先给大家讲一下我那孤独的创作史。前面我也提到过吧？有一段时间我也曾怀着伟大的梦想，写过电视剧的剧本。

这是我不想提及的一段黑历史。什么，你问我你为什么要听这些？算了，还是听一下吧。这些都是会对你将来有所帮助的故事。小说家梁贵子大姐曾经说过："能慰藉我的不幸的，只有他人的不幸。这就是人性。"

"在不甘心这样生活，也不知道怎样死去时，30 岁就悄然而至了。"

光石（韩国民谣歌手）大哥曾这样唱过。

"一天又悄然而过。我们每天都在和今天做着离别。"

而且，为什么 30 岁的爱情总是会留下遗憾，唉，不知道当时恋爱为什么就那么困难？如果是现在的我一定做得很好……哦！我现在都在说些什么啊。不管怎么样，在我30 岁时，还在为生活而奔波，总觉得当时的生活有愧于自己的青春年华时，我下定了决心。

"我一定要写出来。"我首先写下了故事线。

> **故事线** | 因 IMF（1997 年的韩国金融危机）被辞退的职场文学青年遇到了自己曾经的初恋。但相遇的地点偏偏是一家卡拉 OK 酒吧，而且他也没有认出已经发生了巨大变化的她。

我记得当时参考的是，自以为往后会飞黄腾达的主人公，不得不面对 30 岁卑劣的人生的故事。是一部甚至连初恋情人都走向堕落的，无情的资本主义电影，这部电影叫《绿鱼》。在第一次完成剧本的凌晨，我不知道有多自豪。

我当时沉浸在"世界都会见证我这个天才编剧的诞生。如果他们叫我做专职编剧怎么办？"等根本不可能发生的美梦当中。

什么？你说看了故事线觉得应该没什么意思？是的，确实没什么意思……现在我可以承认了！不管是谁，写的第一个剧本都是这样的。就像前面说过的，这部作品带给了我太多的耻辱，以至于现在，我都不太记得里面的内容是什么了。这是第一部带给我创伤后心理障碍的作品。

让我们跳过这个不好的话题。但是，我们起码得到了一个教训。那就是，必须要有能打动你内心的，"我必须要把这个故事讲出来"的东西，才能写出好的剧本。

第二个作品讲的是电视台的故事。我觉得如果是写我亲身经历过的故事、舞台背后的故事、只有我知道的故事，那么肯定能让观众喜欢。剧名是《为了艺术家们》，怎么样，听着还不错吧？

那个时候的我非常喜欢一句诗句。那是诗人尹东柱的《轻易写下的诗》里的诗句。

"都说人生艰难，怎可以这样轻易地写出诗句？"

这部剧是从"都说人生艰难，怎可以这样轻易地写出电视剧？"这种初心出发。想要找出"什么是真正的艺术？"

这个问题的答案。什么，你说探讨的内容太过于冠冕堂皇了？我跟你说，人在这么大的时候就是那样的。在那个年纪，你就会想让别人觉得，你是睿智的、渊博的、有内涵的。

一般新入社员都会因理想和现实的差异而受到挫折。以前我做导演助理时，也碰到过这样的问题。虽然，现在拍摄现场人性化了很多，但在当时，拍摄环境却相当恶劣。他们简直不把助演和准备道具的工作人员当人看。我想把那些充斥着谩骂声的拍摄现场、自私的导演和演员、处于水深火热的工作环境中的工作人员的爱恨情仇写到我的作品里面。

工作人员在地狱般的拍摄现场受苦，这时负责道具的一个小伙子在现场不幸受伤。但是，深受金承钰《雾津纪行》影响的导演，持着"拍电视剧都是这样的"这种观念，经过千辛万苦，电视剧终于拍摄完成，也获得了不错的收视率，最后，导演看着病床上躺着的道具组的小弟，想着"说不定你才是真正的艺术家"。就是这样的一部作品。

虽然剧情不错，但是依然杂乱无章。因为主人公只是一个助演，所以整部剧大部分都是对于他感受的描写，很少有对他实际行动的描写，大部分的故事都是以旁观者的视角讲述的。依稀记得看过的人都是"故事情节有点意思，然后呢？"这种反应。

> **教训** | 果然主人公不能安安分分。要有想做成什么事情的欲望，或者因此而苦苦挣扎。这样他才能遇到挫折，才会产生剧情的分歧。

写到这里我也开始有点不服气了，你们应该也骂够了吧。我会用我的第三部作品，让你们这些人和整个世界大开眼界！之后，推出的我的王牌，就是名为《学生酒吧手推车》的作品。

> **故事线** | 已经死去的民主抗争运动前辈变成鬼魂回来了，但是他并不知道自己已经死了。

我是证券公司的王牌销售。不知道从什么时候开始，偶尔从同学们口中听说，他们见到了宗虎哥。而他在 10 年前就已经死了，我当时以为他们在瞎说。但，就在我为了业绩下了狠心做了违背良心的事情后，酩酊大醉的某一天，宗虎哥出现在了我的面前。他不知道自己已经死了，还问我过得好不好。

我以为这只是一场梦，但是从第二天开始，他会经常出现在我的面前，跟我聊父母的事情、示威游行的事情、曾经的恋人的事情。更过分的是，我现在都没有时间进行抗争运动，但是这个哥哥一直跟我聊抗争运动的事情……

不知道从哪一天开始，宗虎哥的形象一点点地开始消失了。所以我就下定决心救下宗虎哥。可以让他的灵魂安息的地方会是哪里呢？我就来到了 10 年前和宗虎哥留下了回忆的大学门口。在到处闲逛的过程中，我不自觉地走到了当时我们经常去的学生酒吧"手推车"。这是在 20 岁的青葱岁月，我们倾诉着文学、革命、青春和爱情的地方。但是，出乎意料的是，学生酒吧手推车已经变成了一个三流的卡拉 OK 酒吧。我做了个疯狂的决定，要花光自己所有的积蓄，把这里重新变回曾经的学生酒吧手推车。

最后的场景是，伴着浓浓的酒吧迷雾，青年宗虎哥又再一次活过来了。同时朴钟哲、李韩烈、金贵贞、全泰壹等等民主抗争运动中牺牲的人们都活过来了。就是这样的一个故事。

这是一部关于我上大学时崇拜且喜欢的民主抗争运动圈的一位前辈的故事。这位前辈是我除了已经去世的母亲外，在这个世界上见到过的最善良的人，不过他在部队遭遇不幸，去世了。

我当时心里的想法是，把这部剧献给他。于是我带着这种悲壮的心情一点点写下了这部剧。灵感好像是来自奇亨度诗人离世 10 周年追悼文，参考的电影好像是《梦幻之地》。当时恰逢《灵异第六感》刚上映，也是严重打压着业界编剧们气焰的时期。

我忘不掉这部作品，其实是因为当中发生了一段小故事。因为已经有了前面两部剧的经验，所以第三次写作时开始得到一些好的反馈了。我变得有点儿小得意。当时，有一个刚交往没多久的女朋友。我想在她面前显摆一下，就偷偷给她看了这个剧本。她本身也是做音乐评论的。我还以为她会被爱情所蒙蔽，但是，天啊，我这样相信她，她竟然把我的剧本批评得一无是处！也许是因为她也是从事写作工作的，所以在文章面前太过于诚实地说出了自己的想法。

你问我后来怎么样了？如果骂我的剧本，我会觉得全世界都是坏人，这会因为她而发生改变吗？当然是分手了。现在想想其实她还是不错的，不知道现在过得好不好……哦，我在说什么啊！

如果这部作品也存在"现在我可以承认了"的东西，那就是好像只有那些对当初的民主抗争运动有好感的人群才喜欢这部作品。虽然当时也流行这种怀旧文学，但是如果想要制作成电视剧，目标人群太过于狭窄。而且"那个时候的人都很美好"的这种主题思想，也太过于强烈了。

作者本该让自己的主题渗透到作品当中，而我却直接把它喊出来了。

> **教训** | 作者不要借着主人公之口，直接把主题思想讲出来。

我越来越不服气了，而另一方面，我也开始喜欢上了写作。啊，终于知道他们为什么写剧本了。会时常体会到当思维受阻时，突然想到解决方案时的快感，还品尝到了在凌晨写完逗号后的那种痛苦的快感。我想这就是喜欢玩硬摇滚的那些人在音乐中体会到的快感。带着这样的心情，我又写了一部剧。

这次我一定要写出像卢熙京编剧的《世上最美丽的离别》一样，带给人无尽感动的作品！这次我有绝对的自信！因为这次的故事写的是发生在我这个家庭当中的故事。

这部剧的题材是，主人公和酒精中毒的父亲之间的分歧和谅解。而且这次写的还是 2 集电视剧。我甚至向 SBS 电视剧剧本征集大赛，以 2 集独幕剧的名义提交了这部作品。当然，提交时使用的是笔名。我还记得当时为了取笔名，苦恼了整整一周。当时取的笔名是"创作集团—走向辉煌"，是不是很宏伟？

在母亲的葬礼上父亲发酒疯，把葬礼现场搞得乱七八糟。哥哥重新回到了国外，只剩下我不得不开始和父亲独处。因为父亲的酗酒，我和父亲经常发生摩擦，有一天吵完架后我宣布和父亲决裂，这时有一位远方表哥来到我家，给我讲起了父亲以往的经历。

你知道他为了守护这个家庭受了多少委屈吗？你知道以前在他没有工作的时候，为了找到工作付出了多大的努力吗？啊！原来他也不容易。我第一次对他产生了怜悯。但是，安分了一段时间的父亲又开始发酒疯了，并最终患上酒精中毒性痴呆。

让我自豪的是，SBS 征集大赛接收了我的作品。下面这段是为了向大家表达，我到最后也没有轻易放弃这部作品，而且尽自己最大的努力做了思考和修改。他们接收了我的作品后，我有过"如果来电话怎么办？别人会不会觉得有内幕，毕竟我属于内部工作人员？"等等各种不切实际的幻想，但是电话始终没有响起来。

"看来，只能到这里了~"

我想起了金光辰的《信》里的歌词。有段时间我每天酗酒。同时，用一周的时间进行了反思到底问题出在哪里？

人物的经历在精彩的同时
必须是虚构的

电视剧必须是经过戏剧化处理的故事

我当时偷偷给和我关系不错的《对不起，我爱你》的编剧李庆熙看了我的剧本。当然也是希望可以得到她的表扬。但是等了很久都没有等到她的电话。不管是以前还是现在都是一样的，没有电话就表示评价不是太好。于是，终于有一天我鼓起勇气给她打了电话。

"您最近过得好吗？最近剧本写得还顺利吗？"

吧啦吧啦说了一大堆废话后，我突然问道。

"我的那个剧本您读过了吗？"

"哦，对……已经读过了。（犹豫）其实您应该再"戏剧化"一点儿的。"

戏剧化！戏剧化！戏剧化！其实答案，非常简单。这三部作品，全部都要么是我的故事，要么是我身边人的故事。本应该对这些进行细致的"戏剧化"，而我却错误地以为光靠自己经历过的故事，就可以打动读者。我以为读者会认同我那美丽的主题思想，但其实事实不是这样的。

到这时我才深刻的体会到"人生不会总是沿着自己希望的方向进行"。

所以我在返回电视剧拍摄现场的第 100 天，为了不给自己留下遗憾，我给自己下了"出师表"，决定要写出一部进行了商业戏剧化的剧本。

故事线 | 想成为老大的小混混和不良小学生侄子充满酸甜苦辣的"同居"生活。但是侄子却以为他是国情局探员。

万秀想要活得风光一点，于是他就加入了黑社会。和他住在一起的是因为飞机事故父母双亡的，哥哥家的独生子。因为不忍心告诉孩子"你的舅舅只是一个小混混"，所以就和侄子吹牛说，自己是国情局的探员。为此他还制作了假的身份证，西服里还揣着仿真手枪。有一天，他的老大遭到袭击，机缘巧合下他用仿真手枪救了老大一命，从此他在组织内顺风顺水。有一天他去到侄子的学校，见到了美丽的女老师，他心跳加速。

（中略）

有一天他混混的身份被揭穿，侄子痛哭，并表示对他非常失望。两人大吵一架。学校组织了文艺表演，但是因为侄子没钱买演出服，在演出当天只能穿着寒酸的衣服登上舞台。看到他这个样子，观众们都在嘀咕他是没有父母的孩子，看上去真是丢人。而在此时，万秀正在和黑帮们做着殊死搏斗。他被自己的老大出卖了。万秀接到了老师的通知后，艰难地从黑帮手中逃脱，他跑向了文艺表演会场，但是……

剧名是《万秀的传说》。

现在再往回看，名字确实取得不好。当时，为什么会起这样一个名字……但是，当时这个剧本的反馈还可以。于是，我还想过要是很多人都觉得不错的话，可以把这个作品当作我的导演处女作。带着这样的自信，我把这个剧本提交到了MBC（韩国文化放送株式会社，韩国三大电视台之一）电视剧剧本征集大赛上。

提交后，我还独自一个人跑到边山半岛去旅行。我喝着烧酒又看了一遍剧本，越看越觉得有意思。还不时自夸，这些竟然都是我写的。那天的烧酒和生鱼片真是太美味了，我好像干了两瓶烧酒。我终于开窍了。哈哈哈!

你问我后来怎么样了?电话铃声依然没有响起。

"这不可能。会不会是遇到哪个愚蠢的制作人,被埋没了?"

我一再地"否认"这残酷的现实,最后我的愤怒达到了诅咒起整个 MBC 的阶段。虽然我也想过索性把这个作品拍成我的导演处女作,但其实我自己也知道这个作品少了2% 的、我说不出是什么的东西。如果在这样的情况下,我依然还把这个作品制作成电视剧,未免有点滥用职权的嫌疑。于是我想到了一个好方法。"是的,我让台里的编剧拿过去润色。让他帮我把所缺的 2% 填充进来。"结果呢?那个大叔,竟然把我的作品改成了一个全新的作品。可恶!

这时我从内心深处接收到了某种启示:"不是任何人都可以当编剧的。只有那些上辈子罪孽深重的人,这辈子为了洗清罪孽才来做编剧。"

我写得已经够多了。所以当时放弃时也没有一丝的留恋。而且回归现场的时间也到了,所以自然而然地就放弃了。我把打印出来的剧本都扔到了垃圾桶里。而且,害怕自己万一有一天,又再一次迷恋上写剧本,索性就把电脑里的文件都删除了。现在想起来还挺后悔的,因为,如果现在拿出来给你看的话,在你慢慢品味的过程中,起码会让你找到自信，不是吗。哈哈！

我以前非常喜欢诗。在我年轻时，非常流行互相赠送诗集。虽然我喜欢上诗是从想提高情书的品位这个不纯洁的目的开始的。

你问我怎么突然从电视剧，莫名其妙地转到诗上面去了？导演过《钢琴别恋》的吴钟禄导演知道我喜欢诗后，在酒局上跟我说过这样的话。

"电视剧在某个时候会变成诗意的瞬间。"

虽然这个时代不太重视诗，但是就算是这样，如果想写好电视剧，最好抽空读一读诗。什么，你说不想读？知道了，我都知道了。那就在你觉得有必要的时候再去读吧。那个时刻一定会到来。在你写剧本的过程中，你终究会自然地领悟到，孤独才是人生的真谛，每个人的人生都是卑微的。到那个时候再读吧。

让我们再回到电视剧上。李庆熙编剧不是说"再戏剧化一点儿"吗。她的意思是说，大部分人在刚开始写剧本的时候，都会像我一样，写自己的故事。但是，连菜市场里的老人们都会说"如果把我的故事写成小说，三天三夜都写不完。"

写自己的故事也有好处。因为都是自己亲身经历过的场景，所以比较生动，而且具有自我治愈的效果。所以也是不错的。我也一直对我的学生们说这样的话。

"如果实在没有东西可写，就把自己的故事写出来。把你心中的阴影、把那些'这个故事我一直想写成电视剧'的、把那些埋藏在你内心深处的、把那些'这个事情只有说出来才能让我舒服一点儿'的故事写出来。"

虽然你以为，已经写得就像告白一样真诚，甚至写的过程中都快把自己感动哭了。但电话依然没有响起来？那么我觉得，这时候问题应该是出在"戏剧化"上。

做电视剧的编剧时，与其把自己的故事写成假的，不如完全地"灵魂出窍"，认真考虑一下要给主人公注入怎样的情感，才能给观众带来情感上的冲击。如果不这样做，那么就会成为我的下场。

在这里我可以坦诚地告诉你。其实不管是写作指导书，还是在这里啰啰嗦嗦吹牛的我，其实对你的创作应该没有太大的帮助。你问我为什么？

所有的艺术，特别是写作上的灵感，其实是直觉（intuition）。要不我们来听一下关于灵感，宋昌植大哥是怎么说的。

"作曲时大家都说从某处获得了灵感，但是灵感这个东西不是随便产生的。灵感是来自亲身经历过的所有人生中的某一个片段，而不是像接收电报一样，'哔'的一声就产生了。"

所以你让我怎么做？难道我不知道这些吗？好了好了，不要太激动，不要太激动。怎么每到这个时候，你就容易激动起来？就算是这样，我们也不能像宋昌植大哥那样，茫然的一直等下去，不是吗？那么，让我们召唤一下伦纳德·伯恩斯坦老哥。

"虽然产生灵感是一种美妙的体验。但在此外的时间内，创作者要学会获取灵感的方法。因为要产生灵感，需要等待太久的时间。"

是这样的。在你创作某些作品时，灵感会因你人生的某个片段而自然而然地产生，但在大部分情况下却不是这样，所以我们要进行获取灵感的训练。有几种方法能让我们慢慢地解开包袱。但在此之前先喝杯水吧。我现在手也疼，嗓子也有点哑了。

获取灵感
的训练

寻找电视剧题材的 5 种训练方法

1. 捕捉瞬间

如果你捕捉到了某个瞬间，你就会看到"天啊，世界上竟然还有这种事情"。就是说会突然发现电视剧的题材。为了捕捉特定的瞬间，平时就要把五感全部打开。学术上的解释是，不是通过"视听"而是通过"见"。下面是做广告的朴雄贤的解释，都是一脉相通的。哪个特定的瞬间、哪个人物、哪个风景、哪个事件，可以打动你的内心？

就好比 2000 年初，我刚开始做导演时，某一天无意地翻开报纸，看到一个已婚妇女做援助交际的新闻。

"真是世风日下啊。现在连有夫之妇都开始做起援助交际了。"

当时社会上，对于这件事情非议颇深，都在讨论是不是需要重新正视一下当今的道德规范。不过后来随着时间的流逝，这件事情也慢慢淡了下来。过了一段时间，我又一次随手翻看《韩民族日报》，在某个不起眼的角落我看到了对这一事件的后续报道。这是某个记者，经过秘密调查后写出来的报道。

记者打听到的已婚妇女援助交际的真相是这样的，这位大妈长期受到家庭暴力的折磨，没有孩子，而且经济困难。男方也是生长在离异家庭，现实不允许他对梦想拥有任何的"奢望"。

经过调查后，记者觉得，这应该是一个生活在同一个胡同里的两个可怜男女，都对对方产生了怜悯，并真心相爱的故事。看到这里，我的眼角出现了泪痕，鼻子酸酸的。在心痛的同时"那位"来到了我的身旁。

对，就是这个！在现实中两个人有没有一起睡过，那都不重要。我想把这一事件改编成独幕剧，于是就去说服林善姬编剧。因此诞生的作品就是《我美丽的大妈》。

这部作品受邀参加法国戛纳电影节 TV 短篇单元，那当然是很好的，但是确实没能达到最好的程度，但是，也的确获得了稳定的收视率和业界的肯定。

　　我的意思是，就像上面说的那样，把感官系统都打开。在网络上，你要是捕捉得好的话，也能找到电视剧的题材，当然这是老生常谈的话题了。不光是新闻，像《我想知道真相》《人间剧场》《神秘的 TV Surprise》等电视节目，都是电视剧题材的宝库。看的时候你不能光看，要随时提问。

　　"这些都是真的吗？""如果我是 ××，结果会怎么样？""几年后他们会变成什么样子"，要带着这样的疑问生活。

　　卢熙京编剧有一次参加了光化门的烛光集会。我们每个人都参加过不是吗？但是当卢编剧在那里看到，在警车后面，吃着盒饭的义警和战警的一瞬间，突然产生了悲凉的感觉。所以回去后他就策划了叫作 LIVE 的电视剧。

　　我到现在看到在游行现场维持秩序的警察，眼前都会浮现出"抓人鸟"（对警察的侮辱性称呼）和"白骨团"（镇压韩国学生运动的特警）的形象，所以对他们是充满敌意的。这是观点的差异。要看的是谁对生命更具有温暖和怜悯的心。看起来只是细微的差异，但其实这个细微的差异，却导致了巨大的差距。

　　我觉得捕捉瞬间的关键是，对于那些社会上觉得无关紧要的生命，是否拥有可以去"怜悯"，并懂得关注他们的温暖的心。你有这样的心吗？我觉得这也是天生的……至于同不同意这个观点，那要看你自己了。

要不我们再举最后一个例子？

我们不是经常路过江边北路，看到位于汝矣岛之间的栗岛吗？据说那里很久以前是有人居住的。对于你来说这可能只是路过的风景，但是李海俊导演却有了这样的想法。

如果在汉江大桥寻死而跳进汉江的人，经过漫长的漂流，最后到达了栗岛，会发生什么样的事情？

也许《金氏漂流记》最初的想法就是这样诞生的，你觉得呢？

奉俊昊导演小时候住在蚕室洞，每次经过蚕室大桥（一条横跨汉江的桥梁，位于韩国首尔），他的脑海中都会浮现出尼斯湖水怪的身影。在此基础上，经过多年的完善，他终于制作成了电影《汉江水怪》。我前面也说过了吧，有没有哪个特定的瞬间、哪个人物、哪个风景、哪个事件，可以打动你的内心？

哦……我好不容易想显摆一下自己，说了这样一段有水平的话，但是感觉你的态度有点不屑啊。什么，你说我说得轻巧？还在那里嘀嘀咕咕？知道了，知道了。那我这次告诉你更简单一点的办法。

2. XY 游戏

这是好莱坞的老哥们喜欢玩的游戏。这个游戏容易上瘾，而且很有意思。XY 游戏也有两种玩法。一个是 X 的 Y 版本，另外一个是 X 和 Y 的碰撞。

代入 X 和 Y 里的，可以是题材、可以是具体的电视剧或者电影名称、可以是时空、也可以是男女，都可以放进去。反正本着"不做白不做"的精神，把所有你能想到的东西都放进去。刚开始写作时，如果畏手畏脚，那么肯定什么都写不出来。

《迷雾》是《白色巨塔》（X）的女性（Y）版本。《杀了我，治愈我》是《化身博士》的本土化版本。《要先接吻吗？》是《八月照相馆》的中年版本。

僵尸题材（X）遇到古装（Y），就会诞生《王国》《猖獗》。《拥抱太阳的月亮》是古装剧和情节剧的结合。当《天外飞仙》（美国 1988 年理查德·本杰明执导电影）变成爱情剧，就会成为《来自星星的你》。

要不我们举一下电影方面的例子？

《大白鲨》（X）遇到宇宙飞船（Y）就会成为《异形》，《E.T. 外星人》遇到《X 档案: 征服未来》就会成为《黑衣人》，韩国电影《头师父一体》遇到帅气冷艳女就会成为金喜善担任过主演的《愤怒的妈妈》，讲述外国劳动者的那一期

《人间剧场》经过本土化后就会成为《挖哈喽瓦寺英姬》（挖哈喽瓦寺为孟加拉语我爱你的意思）。是的，就像这样。

什么，你说其他的都了解，好像也有道理，但是没听说过《挖哈喽瓦寺英姬》？你竟然不知道这部作品。这个是我导演过的独幕剧。这是一部我期望可以获得法国戛纳电影节 TV 短篇单元奖项，但是却壮烈失败的作品。哈哈哈哈哈哈，我不向你们显摆，还能向谁显摆呢，谅解一下吧……

3. VS 游戏

注意这个不能读成"威爱斯"，而是要流畅的移动舌头，发音成"喔瑟斯"（versus）。就是对抗结构。真的实在什么都想不出来时，就索性把两个人物放到对立面，也是一个方法。刚开始的时候要尽可能地拉大两个人的差距。

《贤内助女王》就是金南珠和李慧英的对抗结构。她们两个人从过去的，受欢迎的圈内人金南珠 VS 长相平平的圈外人李慧英，转变成了上司的夫人李慧英 VS 下属的老婆金南珠。

聪明的人可能已经发现了，在电视剧的结构中，如果有这种角色反转之类的剧情，就会变得更加好看。电影《新罗月夜》和《里长与郡守》也是差不多的结构。

对抗结构如果写成政治片或者剧情片，就会成为《公共之敌》或者外国电影《盗火线》，或者电视剧《三日》。你可能觉得这很简单，但是却在戛纳国际电影节上带给了奉俊昊导演金棕榈奖的荣誉。《寄生虫》也是相同的结构。资本主义最低阶层的家庭 VS 最高阶层的家庭。你不觉得奉导演也是从把两个家庭的差距尽可能地拉大开始的吗？

4. 空间游戏

就是在获取灵感时，索性从空间开始。这也有两种方法，其中一种是寻找新的职业或者新的空间。

《侦探医生》这个剧的主人公是环境医学的专科医生，是诊断工人的职业病或者产业灾害的不像医生的医生。所以名称是《侦探医生》。把《巴厘岛的日子》带到时尚圈，就会变成《时尚王》。

不久前大火的《天空之城》，也可以说是从一个新空间开始的。但是如果写这种题材，为了更加准确地描写空间，需要提前进行实地的调查，所以对你来说，可能负担会比较重。如果，未来你有幸成为年薪过亿（60 万人民币左右）的编剧，你倒是可以考虑一下这件事情。记得到时候关照一下我。知道了吧？（提前感谢一下）

第二种空间游戏是，"离水之鱼"。这是我前面推荐过的书的作者，布莱克·斯耐德大哥说的话。他在《救猫咪：

电影编剧宝典》里写得很清楚。但是，这位大哥因肺栓塞离开了人世。读之前我们先进行简单的默哀仪式。

"离水之鱼"是，备受歧视的丑小鸭降落到异样的空间后，重生为白天鹅这种概念。记得安畔锡执导，郑成珠编剧的《听到传闻》吧？

对了，郑成珠编剧还是"歌客"金贤植《黑暗星光》这首歌的作曲人。这首歌在喝醉后听是非常扎心的。好了好了，下次有机会再听。

在《听到传闻》中，出生于庶民家庭的高我星意外加入了法律名门家族的家庭中。她通过善良的品质和常识性的世界观，改变了这个法律名门家庭。

在《巴黎恋人》中有一集的主要剧情就是上流社会的朴信阳去到贫民阶层的金贞恩家后所发生的故事。都是同样的题材。

虽然觉得不好意思…… 实在不好意思，权基英编辑执笔，由我执导的《守护 Boss》也是，贫民家庭出生的"88万韩元一代"（指月薪为 88 万韩元的阶层）崔江熙，和上流阶层不靠谱且小心眼的池晟，放下阶级思想在同一个空间相遇的故事。怎么样，有感觉了吧？

哦……有点不开心。 我好不容易拿出《守护 Boss》来举例，你们不是应该会有"哇，那个电视剧太有意思了，导演太厉害了"，这种反应呢？

"人生全靠捧场！"

这是我说的名言。人光靠给别人捧场，也能获得成功。因为会给别人捧场，就表示这个人"共鸣"感卓越。什么，你说那表示这个人"拍马屁"能力卓越？哼！

5. 古典游戏

这里的古典是指经典作品。你知道我指的不是音乐吧？我要说的是从古典小说、老电影等地方获取题材。2006年大受欢迎的，洪氏姐妹编剧的《幻想情侣》的原版是1987年好莱坞出品的《落水姻缘》。他们买了版权。什么，你说这样不是要花钱吗？也有不花钱的方法。

1996年勇大人（对裴勇俊的爱称）出演过的KBS（韩国放送公社，韩国三大电视台之一）周末剧场《阳光场地》是延续了1951年度好莱坞电影《郎心似铁》的主题和人物。而该电影，则改编自小说《美国的悲剧》，这个作品当时收视率差不多达到了50%。这个作品的编剧是赵素惠，但是她在2006年因肝癌去世了。她在生病期间，曾经说过给她带来更大压力的不是身体中的癌细胞，而是当时编写的电视剧收视率提不上去，真是让人心酸。

电影《黑洞频率》是所有时空扭曲电影的鼻祖。我还记得当时金恩熙策划《信号》时，我还偷偷地送了她一本东野圭吾的奇幻小说《解忧杂货铺》。除此之外 MBC 的电视剧《伊甸园之东》、SBS 的电视剧《该隐与亚伯》都可以看作是取材自同名小说的作品。

这时需要注意的一点是，我前面也说过，要在叙事性强的古典作品当中选择。不要读太过于观念性的、哲理性的书。因为不是所有的古典作品，都可以制作成电视剧。

小说《基督山伯爵》是复仇剧的代表作品。如果你想写有复仇情节的电视剧，一定要读一读这部作品，因为每一次阅读都会有不同的收获。米兰·昆德拉的《不能承受的生命之轻》，托尔斯泰的《安娜·卡列尼娜》都是四角恋情的代表作品。

记得《哈姆雷特》吧？哈姆雷特不是通过在舅舅面前演戏，来证实杀害他父亲的凶手吗？这是电视剧里经常出现的桥段。当然，大家现在可能都习以为常了。看到过这样的情节吧？主人公遇到了危机，这时即将进行股东大会。在大股东们都聚在一起的场合，主人公在最后咆哮起来。他打开准备好的视频，并说出"我有证据证明那个家伙不是好人！"。虽然，我对为什么总是选择股东大会这一点，一直都觉得非常困惑。

你问我这不是剽窃吗？当然不是，这种情况应该说是偷得巧妙。高手和菜鸟的差距就在这里。拿得不好的话是剽窃，要挨骂，但如果让人觉得虽然感觉在哪里见到过，但是却完美地融入到了剧情当中的话，那么谁也不会说什么了。

当然，如果让那些在金山大厦听电视剧编剧课程的"嫉妒的化身"们听到这话，可定会吧啦吧啦争议个不停。老话说得好，别人的坏话三天三夜都说不完！套路是公共财产，所以尽管拿去用吧，但需要注意的点是什么呢？对了，就是要稍微修改一下。

故事情节也是一样的，尽管拿去用。你不需要有哪怕0.1% 的负罪感。

快速闪过的
一篇文章、一个角落

为了获得企划的头绪而获取灵感的方法

下面我来介绍获取灵感的，最终的特别福利。要不我们从诗或者静态图像的一个角落中获取企划的头绪试试？可以望着快速闪过的一个文章或者一个图像的某个角落，进行构想电视剧结构的练习。

写了《九岁人生》的动画作者卫奇哲老哥，在进行动画创作演讲时说过这样的话。

"如果把'什么'作为标准，天底下已经没有新的故事了。但是如果把'怎么样'作为标准，一万个人就有一万个故事，这些都可以看作是新的故事。"

——摘自卫奇哲《玩转故事的方法》

是不是有种喜出望外的感觉？就是说写出新故事的关键点，不在"WHAT"而在于"HOW"。

现在，让我们在脑子里想象一幅画面。古老的店铺前有个空椅子。看到这个空椅子你想到了什么？

那是谁曾经坐过的椅子。店铺的主人？失恋的青年？或许是曾经爱慕者众多的某个女人？那把椅子究竟经历了多少岁月？那种落寞和凄凉。你也可以从这样的图片当中，寻找创作电视剧剧本的头绪……

好了！现在你可以制订你准备写的第一个剧本的题材了，然后观看与此类似的 10 部可参考的电视剧或者电影！

想要灵光一闪！
如何让自己想到什么

寻找属于自己的获得灵感的方法

值得一提的是，有那种容易让人产生灵感的地方。

1. 临睡前的卧室

睡觉前，在床头边记得放上一个备忘录。睡觉前会有各种各样的想法，在这个过程中可能会突然想到什么。对了，也有做梦的过程中突然想到解决方案的情况。你应该也遇到过这种情况吧？就是明明做了一个非常精彩的梦，刚睡醒时还能想起梦到的是什么，但是起来喝了口水，就完全忘记了梦到的内容。这时你最好在醒来后，马上把脑中的想法写到备忘录上。如果实在睁不开眼，你就闭着眼写在备忘录上。只要你能认出写的是什么就可以了。

2. 在上厕所时

当人们以罗丹《思想者》的姿势坐在那里时，会产生各种各样的想法。等你拉出一块，心情变得舒畅后，肯定会突然想到什么。但需要提到的一点是，如果长时间蹲在厕所，屁股会有火辣辣的感觉，需要注意一下。

3. 泡在浴缸时

最近大部分家庭中的浴缸都换成了淋浴器，所以我觉得如果想尝试这个方法，只能去公共浴室或者桑拿房……什么？你说酒店？温泉也不错？哦……如果是成年人好像也可以。但是我怎么觉得你不像是去获取灵感的？我不是叫你拿着获取灵感的借口出去玩。

如果这样还想不出来怎么办？哦……我就认识一个作家，每当想不到东西时，他会坐着公交车从起点坐到终点，望着窗外来来回回。因为有过在这个过程中产生了好的想法的经历，所以就成为了他的某种"仪式"。业内管这种"仪式"叫 ritual。这是金正云教授起的名。

你问我是怎么做的？我的做法是走路。独自一个人走一个小时左右后，头脑会变得清晰一点。可以把没必要的想法从我的大脑中去除。所以走路就变成了我自己的"仪式"。你也要尽快地发现能使你产生想法的仪式。

好像还有把音乐调到最大声后做倒立的人。对了，还有去登山的人。这个我个人是反对的！登山会让你把所有的想法都忘掉。如果你想忘掉分手的恋人，倒是很好的方法，但如果你是抱着想孕育电视剧剧本的想法，我想你原有的构思都会消失。因为登山很累，而且还有受伤的危险。不是有这样一句话吗？如果想充实你的想法就去散步，如果想忘掉你的想法就去登山。

又增加了一个作业。就是做出使自己产生灵感的，你自己的专属"仪式"！对了，写作的过程中要时不时做些伸展运动，不然肩膀和手腕会经常疼。什么，你说你现在还年轻，不会有这样的问题？是啊，对于这一点我非常羡慕。你，你觉得你永远不会老是吧？哼！

第 2 幕

中段

如果把一生
概括成一段话

制作电视剧的故事线

好了，我们终于到了为写电视剧的剧本，迈出第一步的阶段。最开始要做的事情就是制作电视剧的故事线。故事线说白了就是，用一段话来概括整个故事的剧情，或者可以说是对于"您可以用一段话来介绍这部电视剧吗？"这个问题的回答。但绝不是你想的那样！不要错误地理解这句话。不是一句话，而是一段话，是一段。就是说两句话也是可以的。如果里面有"鱼钩"（hook），实际上三句话也是可以的。

电视台每年都会举行剧本征集活动。你觉得评审员们会抱着"啊，这是作者们费尽心血写出来的剧本，所以在做出评价前，我一定要仔细地阅读这部作品"这种想法是吧？我可以坦率地告诉你，这种想法只对了一半。因为人类本身是有缺点的。我也做过评审工作。刚开始时还会抱着"我要仔细地阅读，我不能让好的剧本埋没，这里面可能会有未来大编剧的作品"这种想法，但到了后来都会变成"哎，太无聊了！太无聊了！评审费为什么这么少。可恶！"

所有的事情和生计挂钩后，都会让人感觉疲劳。而且做久了就会找到诀窍，更何况还有时间上的限制。

一般大家在写完剧名后，不是会写创作缘由或者作意（作者的意图）嘛。但是评审员一般不会去看这些。为什么？这是因为，作意或者创作缘由的好坏，和剧本的完成度是两码事。

评审员们最开始看的是"这是讲什么的？这部电视剧的'鱼钩'是什么？"也就是说他们首先看的是故事线。所以故事线是最重要的。故事线要能吸引住提出这些问题的评审员们。

所以我在讲课时，会果断地告诉学生们，不要去写主题或者创作缘由这些东西。写的没意思是一方面，另一方面，如果写了主题或者创作缘由，就会在写剧本的过程中处处受此限制。这样可能产生的问题是，为了展现主题，往往会借剧中人物的口，直接把主题讲出来。

你知道观众最不喜欢的是什么吗？就是"哦，这些家伙又在教育我，又在给我洗脑"。然后马上就会换台。

你首先要想的应该是故事。有趣的故事、感人的故事、悲伤的故事，由此而产生的喜怒哀乐、七情六欲，和过山车般的剧本。写剧本的过程中，当你不知道怎么往下写时，想到的不应该是主题，而应该是要把故事线作为你的指南针。

如果故事足够精彩，主题思想就会自然而然地灌输到观众的大脑中！你可以回想一下自己谈恋爱的时候。如果你的另一半整天问"你爱不爱我？你爱我吗？"是不是很烦？是不是那些默默地用深情的眼神望着你，并温柔地为你拂去肩上落发的恋人更让你心动？当一方过分执着于感情的时候，两个人的感情往往会产生隔阂。

哦，怎么突然变成恋爱指导课了。但是，写电视剧剧本，在很多方面和谈恋爱是相似的。今天我就先说一点。感情是绝对不能强求的！

剧名 | 嘻哈老顽固
故事线 | 不知变通的顽固大叔，因为女儿开始接触嘻哈，开始用说唱和这个世界对话的故事。

你应该听懂了讲的是什么样的故事…… 但，是不是感觉少了点什么？要不我们修改一下？

> →不知变通的顽固老爸，要拯救沉迷于嘻哈的女儿，只有最后一个办法，就是扮成嘻哈歌手溜进演出现场！

是不是好一点了？人物的前面都有了形容词，而且也能看出顽固老爸 VS 问题女儿这种对立结构。而且最重要的是最后一句话。是不是可以看到主人公的目标和原动力？这会成为主要的牵动点。主要牵动点越具体、越集中越好。

我们需要不断地对故事线进行修改。如果你只是笼统地写出这是什么样的故事，那么在写剧本时，会很快陷入迷茫。你需要把"鱼钩"具体地挂在你的故事线上，这样你在写剧本时才能专注在这一点上，也才能让读者了解到主人公的欲望和原动力。

> **剧名** |13 号鬼屋
> **故事线** | 因各自迫切的需要而来到凶宅的孤男寡女，发生在他们之间的浪漫的凶宅争夺战（恐怖版《浪漫满屋》）。

啊，这个也是一样，听懂了讲的是什么故事，但是不是觉得少了点吸引人的东西？要不我们修改一下？

> →急需用钱的待业男青年，在进行"做鬼屋"的兼职，但是，他遇到了什么？是鬼？是人？有一个陌生的女子突然出现，还自称是屋子的主人。两个男女间开始了浪漫的凶宅争夺战。

是不是好了一点儿？而且，还能让人产生好奇，想知道"做鬼屋"的兼职，具体要做什么，还会想到他一定会和自称是屋主的女人产生巨大的冲突。两个人会闹得相当激烈，然后在了解了彼此的痛苦后，相互产生好感，这时剧情过半，会有危机慢慢地向他们袭来。两个人会闹别扭，这时其中的一个人会遭遇巨大的危机，然后……是不是觉得大体会是这样的走向？那我们接下来，来看下一个。

> **剧名** | 杀死福子：张家界的暗杀者
> **故事线** | 冷酷的职业杀手张敏，在旅行团中，了解到什么是家庭，什么是爱情，并慢慢变得有人性的故事。

一样的道理，如果写成是什么什么样的故事，就没有太大的意思。要不我们再换一下？

> →决定隐退的职业杀手张敏，接到最后一个任务：潜入张家界旅行团中，除掉一对老夫妻！但是，他为什么会觉得伤感？他是第一次有这样的感觉。

换了故事线后，可以看到主要的牵动点，随之也可以看到主人公的原动力，更重要的是可以看到主人公内心的冲突。也许这部剧的表现基调和手法，会达到《人间喜剧》的效果。

> **剧名** | 需要老爸
> **故事线** | 一个需要老爸的小学生，遇到一个不出名话剧演员身份的假老爸，并共同成长的故事。

这个剧本我们换成下面这个样子。

> →优秀的"租家人服务"提供者、没有名气的话剧演员姜大球和渴望有一位父亲的早熟小学生宋结，两人共同演绎了一场又甜又咸的家族诞生记！但是，孩子的母亲却还蒙在鼓里。

最后的那句"但是，孩子的母亲却还蒙在鼓里"，专业上叫作"戏剧反讽"。这是因为剧中人物的不知和观众的已知，形成的紧张的剧情。简单来说就是和"身世的秘密"类似。就是观众知道真相，但剧中有一个人物却不知道真相的这种设定。

在电影《八月照相馆》中，只有沈银河一个人不知道韩石圭身患绝症，而这件事情周围的人物和观众都是知道的。像这种反讽设定的优点是，可以让观众站在高点，让他们在情绪上参与进来。

好了，让我们来整理一下。好的故事线是指，第一点，人物要有简单的形容词；第二，要有冲突，也就是说需要有故事纠葛；第三点，要制订主人公的目标；第四点，如果出现反转或者戏剧反讽，可以锦上添花。

对了，我这里有一个秘诀！我只告诉你一个人。这个秘诀就是你要灵活地使用"但是""然而""却""虽然"等关联词。这些关联词就会成为你的"鱼钩"，形成主要牵动点，或许能产生戏剧反讽的效果。你可以再回想一下前面提到的故事线。是不是每一个都有这样的关联词？

好了，现在你已经想好了题材，看过了10部类似的电影，也学过了怎么写不算太差的故事线，那么，作业来了！下次上课之前，写三个故事线出来。什么，你说我说得倒轻巧，这东西怎么可能说来就来？我不是呕心沥血地、啰里啰嗦地告诉了你，获取灵感的方法了吗？加油，你可以的！

所有人都喜欢的，
有魅力的角色

创作让人过目不忘的角色特征

在前面学完怎么写故事线之后，你是不是开始跃跃欲试了？是不是有什么东西将要破壳而出的感觉？这是正常现象。但是，你可以再稍微忍耐一下吗？我不是说过我以前也这样过吗，觉得有感觉就急着开始写，然后受到挫折。又写了点，再次受到挫折。不知道怎么往下写时，甚至连个倾诉的对象也没有。这样，只能加重一个人望着天空，唠唠叨叨自言自语的症状。

"亲爱的主啊！你就这样抛弃我了吗……"

你现在不能着急。我们起码要避免你的同学们看到你的剧本后出现破口大骂的情形，不是吗？也要避免，你前面打印的几张纸成为打印机里反面打印的纸张，不是吗？我们起码要保证一定的完成度。这也是对那些抽出宝贵的时间来阅读你剧本的人们最起码的尊重。什么，你说我又开始打击你的士气了？呃呃，说着说着你怎么又激动起来了。好了好了，做 10 次深呼吸。

支撑电视剧的两个主轴是角色和故事情节。所以我强烈地建议你，起码把这两点认真考虑清楚之后，再开始动笔！这就是，扩展故事线的方法。

我首先讲一下出场人物，也就是角色。

我们首先思考这样几个问题。怎样才能选择适合的出场人物？怎样才能把观众代入到主人公的情绪当中，让他们感同身受？怎样才能创造出带有"有魅力的缺陷"的角色？

糟糕的剧本，会让人在阅读前面几页后，产生这样的疑问："这个人为什么会这样做？为什么！！！哼！！！"然后像这样发起火来。相反，有一定完成度的剧本，起码会让观众觉得"哎，在这种情况下，这个人物也只能做这样的选择了"，同时自然地把自己的情绪带入到这个人物当中。

对此，业界的解释是这样的。电视剧既是消除观众的不信任感（"这像话吗？主人公有必要这样做吗？"等想法）的过程，也是对角色入戏（哎，主人公也只能这样做了。怎么办？该怎么办？）的过程。

作者起码在写作时，要具有和孕妇一样的心态。要不断地尝试和你肚中的角色进行对话，要时刻关注孩子（角色）喜欢什么，不喜欢什么。不管那个小孩是主角、反派、配角还是只有一场戏的龙套角色。

要像这样一直带着照顾胎儿的心情……什么？你说你还是单身，孕妇这个说法有点不合适？哦……那就带着造物主的心情……这个有点太宏伟了是吧？哦……那么就带着培育花草的心情，这个说法还满意吗？不管怎么样，要带着这种像孕妇、造物主、培育花草时期待的心情来创作角色。这样你创造出来的人物，才会显得真实。只有这样，观众才会入戏，并真心地为你的角色加油。

这是我制作裴柔美编剧的《要先接吻吗？》时发生的事情。前面 4 集剧本都完成得很好，所以我就认真地执行了我们家的第二条家训"人生全靠捧场"。写得好，写得真是太好了，哎呦呦……这时编剧却对我说了这样的话。

"我觉得我越来越看不透武寒了……"

武寒是我们电视剧的男主人公。我瞬间觉得天旋地转。什么，你都写了 4 集了……前面写得那么好，现在你跟我说，你看不透主人公，你这不是扯淡吗？

忠于人品的裴编剧是太过于诚实了。她完全可以不把这句话说出来的。她那时还没有听到武寒从内心里发出来的声音。那时武寒还没有闯入到编剧的心里。前面大部分都是滑稽戏，而到了真正重要的感情戏码时，武寒还没有主动和编剧搭话。这也就意味着还没有到那个阶段，就是说她还需要等待。

每个编剧可能都会有不同的风格，但是他们在创作每一个剧本时都体验过角色突然开始主动和编剧搭话的梦幻般的瞬间。每个作家都在苦苦地等待着这个瞬间。现场的说法是"踩斫刀了！"（在韩国，巫女在祭祀时，为展示神的能力，会赤脚站在斫刀上跳舞）所以在这一瞬间到来之前，编剧们只能独自默默地承受孕妇的痛苦，不对，是造物主的痛苦，这就是这个职业的宿命。

我把创造角色的工作称为"树枝分权"游戏。那么，我们来痛痛快快地玩一下这个游戏吧！

首先，你要有一个原型。你说这很难？没事，你可以想得简单一点，待业人员、医生、黑社会大哥、富三代、重案组刑警、灰姑娘、甜美女孩、小市民、放高利贷的等等。此时，你的脑海中是不是浮现出很多这样的形象？就是那种，我们经常在电影或者电视剧里见到的形象。但是，如果直接拿来使用会怎么样呢？

"你这个剧本里的角色太老套了。"

十有八九会听到这样的评价。文学上的叫法是被"模式化"了，英文叫"stereotype"。

希腊语的 kharakter，意为"刻板特征"。我最不喜欢在电视剧里看到的是，那些放高利贷的穿着西服，却说着黑社会的台词。与其这样还不如索性做成花样美男型的放高利贷者，或者非常幽默的放高利贷者，这样还显得更为立体，更为生动一点。说白了塑造角色过程就是，摆脱上面这些老套和模式化的战争，也是创造新的 刻板特征的战争。

接下来，我们要在原型的基础上进行分权。人物将从这里开始变得生动起来。就是说，我们要给你创造出来的角色加上性格。学术性的说法是，赋予"人物内在的特征"。

从刻薄 / 龌龊 / 大度 / 敏感 / 胆小 / 正义 / 自私 / 好奇心重 / 表里不一 / 天真 / 不耐烦 / 心胸宽广 / 残忍等等特征到有愤怒调节障碍 / 有选择困难症 / 完美主义者 / 有洁癖 / 在任何地方都很突出 / 有拒绝困难症 / 不在意周围的眼光 / 虚荣心过重等等特征，都可以任意地进行搭配。

像这样，给角色原型注入这些特征后，就有点人样了。是不是觉得还少了点什么？要不我们再进行一次分权？这次是把个性赋予角色，这是加分项。个性是只有那个人才具有的特征。比如说兴奋时会结巴 / 每次喝酒都会断片 / 瘸了一条腿 / 打了耳洞 / 遭受过某种不幸 / 走路姿势独特 / 喜欢的音乐 / 喜欢的食物等等。这样是不是好了很多？

scene 10

每个人都有段
黑历史

角色产生有魅力的缺陷的节点

上面提到的那些是主角、配角、龙套都适用的，但是对于我们的主人公们，是不是应该多给点？毕竟是主人公不是吗？这里说的主人公是指，包括反派在内的主要人物。

这次你要想的是，专属于主人公的"秘密"或者"阴影"。这里就是角色产生"有魅力的缺陷"的部分。

《来自星星的你》里的主人公金秀贤，有着他是外星人这个秘密，和带着孤独生活了几百年这个阴影。还有不久后就要返回到自己的星球，这个秘密和"时间表"设定。

《阳光先生》里的李秉宪有被祖国出卖的阴影。

我们再来看看《要先接吻吗？》里的甘宇成。他因为癌症正在慢慢地死去，但是不能向任何人透露。他有妻子出轨导致离婚的阴影，而且也没有办法和女儿进行沟通。他藏着曾经做过一个很优秀的广告，而这个广告害死了金宣儿的孩子这个秘密和阴影。

《守护Boss》里的池晟有患有恐慌症这个秘密，和哥哥因他而死这个阴影。

《我恋爱的一切》里的申河均，有他是保守野党主席的私生子这个身世秘密，又有被父亲抛弃的阴影，还有爱上进步党主席这个秘密。

《美国丽人》里的凯文·史派西，有爱上了女儿的朋友这个惊天大秘密。

其他的作品你一定都听说过，但是没听说过《我恋爱的一切》是吧？那也是我导演过的一部作品。对我来说就是像"疼痛的手指"一样的作品。每次想到这个作品，都会戳中我内心的某个痛处。

不管怎么说，进行树枝分权游戏时，要时时刻刻地提醒自己，每个人都会有段黑历史。而且人类本身就是不完美的存在。在这个世界上怎么可能会有完美的人？就算有，那样的人也没什么意思。所以我一再地强调角色应该具有"有魅力的缺陷"。

对了，最后还有一点。虽然主人公要有"秘密"或者"阴影"这种"有魅力的缺陷"，但同时，也必须具备"有魅力的能力"。写电视剧时，如果在第一幕中埋下这个伏笔，那么在第二幕或者第三幕中，可以非常有效地利用起来。但是，这种能力只能有一个。接下来该怎么做就不用我多说了吧。就是要把这个能力，利用到极致。

好了，那么下面要做的事情，就是把这些角色加入到你的故事线当中，所以故事线是非常重要的。故事线必须要能看到主角的原动力。而且要思考主角的"秘密"和"阴影"的设定，是否和故事线里的主人公内心的冲突和原动力相符合，如果不符，要果断地放弃，或者做其他的设定。这样电视剧才能开始。你说你看不出来？哈哈，那么你要再重新考虑一下角色了。

考虑角色时我建议你采用以下三种方式。这种事情只有我会告诉你。

1. 可以写一下角色的自我介绍

不是提交给别人看的那种，而是只有自己会看到的，隐秘且坦白的自我介绍。因为我们是站在那个人物的立场上来写的，所以必须是第一人称，而且还要有自我反省的部分。有的老师会提出要写个人简历，但是在我看来写自我介绍更加适合。写完后你会发现你跟这个角色变得更加亲近了。

2. 给人物赋予性格时，加上类似"过于什么什么"时用的副词"过于"

对比单纯的"胆小的银行员工达秀"，更好的是"因过于胆小而烦恼的银行员工达秀"。对比"想成为老大的政贤儿"，更好的是"想成为老大，却过于仁慈的政贤儿"。这样做角色会变得更加鲜明。平凡的角色是无趣的，这是犯罪。

3. 把角色的名字贴在墙上，并每天去喊这些名字

同时加上这样的话："你到底想要什么？""你到底想做什么？""你心理的'秘密'和'阴影'是什么？""那些对现在的你产生了什么样的影响？"等等。就是说要一直跟这些角色搭话。但是这样做会产生一些副作用。如果被别人看到，可能会产生对你不好的传闻，所以这个方法，需要在独处时慎行。

举一个优秀的例子。那就是写了《要先接吻吗？》的裴柔美编剧为这部剧写的摘要中，对于主人公的说明。对于剧中的角色，起码要写到这种程度，才能成为鲜活的人物。

有时间你一定要看一下。（请参考附录 219 页）

　　看过之后是不是可以大体看出整部电视剧的走向了？一般编剧们最讨厌做的事情就是写摘要，但是裴柔美编剧却连摘要都写得这么好。那么，作业来了。把你创造出来的角色，代入到之前写好的故事线当中，以此来扩展你的故事线吧。你可以通过你自己的获取灵感的"仪式"来完成。

对受伤群体的
同情和慰藉

电视剧对我们来说意味着什么？

这是新闻曾经报道过并引发过热议的，发生在地铁站里的一幕。当时，有一位 50 多岁的大叔，喝醉了在站台上闹事。他一会儿朝着人群进行毫无逻辑地谩骂，一会儿闹着要从站台上跳下去。周围的乘客们都纷纷绕开他，接到群众的举报后，警察们赶到了现场。这次他又抓住这些赶来的警察们闹了起来。

"你们凭什么要来抓我，人民的拐杖为什么反过来威胁善良的人民……"，等等，看起来一时半会儿应该结束不了。就在这时，一直默默关注整个事态发展的一个青年

71

悄悄地走过来，拥抱了这位大叔。就在这一瞬间，闹事的大叔立马就停住了。

"大叔，现在可以停止了……"

听到青年的这一句话，大叔马上哭了出来，也不再闹事了。

让我们再来看下一个场景。光化门广场上，不是出现过世越号的追思帐篷吗？这是发生烛光革命之前的事情，当时世越号遇难者家属们和一些自愿者们正在进行"要求政府查明世越号真相"的万人签名活动。这时从一角冲进来"日军"的太极旗爷爷们（极右势力）。他们打翻桌椅，大闹特闹。他们和遇难者家属以及志愿者们发生了冲突，闹了一段时间后他们觉得累了，就出现了短暂的休战期。这时候默默地看着这一场景的精神科医生郑惠信博士，悄悄地走向了一位大爷，抛出了以下的台词。

"爷爷，您是哪里人？"

就这样开始了对话，郑惠信博士默默地坐在旁边，听完了老人的经历。

讲的大概是他从日军占领时期、朝鲜战争时期、工业化时期一路走过来的艰苦历程。其中最关键的一点是，作为现在正在被忽略的群体，大爷应该没想到会有一个人抽出一个小时出来静静地听他说话。听说这位大爷最后说了这样一句话。

"刚才是我太过分了。"

这些是近期最让我感动的两个场景。我想也许电视剧要讲的就是这样的故事。就是把受伤的群体当成主人公，给他们"我也有和你一样的伤口。没关系，这不是你的错"，这样的同情和慰藉。

对了！还有很重要的一点。就是满足"我也想经历一次……""如果我身边也有这样的人就好了……""如果能有人收拾那些坏蛋就好了……"这种幻想。

你可以回想一下，最近受欢迎的《阳光先生》《我的大叔》《耀眼》《天空之城》，是不是都可以称得上是充分满足了观众这一部分需求的电视剧。

scene **12**

这次还是那个故事吗？
当然不是！

吸引人的电视剧情节

这次我们来说一下故事情节（plot）。

我们经常说"那部电视剧里没有故事"，这里的故事和叙事是一个意思。故事弱，就表示叙事做得不够好，这是同样的意思。

故事情节说白了就是"怎么样讲述你的故事"。也可以简单地理解为，展开故事的模式。有的作业指导书上会定义为，不是"事件伴随事件"，而是"事件所以事件"。给故事套上情节就会成为"讲故事"（story telling）。接下来，我们一起来做两道题目。请大家完成下面的方框。

1. 故事情节是□□资源。

2. 故事情节是□□□□□资源。

第一题的答案是"公共"。第二题的答案是"可循环利用"。

第一题的出题者是写了《经典情节20种》的托比亚斯大哥，第二题的出题者是写了《我觉得这部剧会火》的孙政贤制片大人。

是不是明白了点儿？虽然对故事情节的定义有点武断，但是，我想说的一点是，对于把别人的故事情节拿过来直接使用这件事情，你不必有哪怕0.1%的负罪感。

不都说电视剧或电影是"视觉叙事"吗？要在这里的"视觉"两个字上划重点。在视觉叙事这件事情上，有所有人都喜欢的固定模式，你必须要认清这一点。你就把这理解为，人类的大脑就长这样。所以我才会说，你要把故事情节当作是公共资源，直接拿过来使用就可以了。

虽然你在其他的作品当中使用过，也可以果断地拿过来进行循环利用。不要怕。就算只有角色和背景不一样，观众也会认为是不一样的作品。要把故事情节循环利用起来！人生就是这样，只要尝试过一次，就不会再感到害怕了。

无视铁炮的精神！早在《黑帮 3 号再上位》里宋康昊大哥便传递过这种精神。

说到故事情节，就不得不提到另外一位。这位已经离开了人世，而且还是在很久很久以前。这位就是古希腊的亚里士多德大哥。这位大哥闭着眼说了这样一句话。

"所有的故事都有开端，中段和结尾！"

这句话出自《诗学》。对于故事情节的解释，就这么一句话就够了。这位大哥是不是很厉害？光靠这样一句话，就混吃混喝到现在。啊！说的有点粗俗！应该是就被尊敬到现在。

就算是到了现在，在业内《诗学》依然很有市场。小说家金英夏在《懂也没用的神秘杂学词典》里也说道，就算现在来读也会止不住地赞叹。

执导过《我叫金三顺》的金尹哲导演，曾经翻译过一本对《诗学》做了解释的书。那本书的书名叫《讲故事的秘密》，无聊的时候可以读一下。好了，我们继续回到主题。

这就是著名的三章理论，也叫三幕理论。开端、中段、结局的黄金比例是 1:2:1。为了便于解释，如果我们强行规定独幕剧剧本的篇幅为 40 页，那么剧本的构成就是 10 页，20 页，10 页。

第一次在电影里正式使用三幕理论的是悉德·菲尔德老

哥，你应该也听说过他写的《电影剧本写作基础》，他在这本书里整理得很清楚。想了解三幕理论，这一本书就足够了。所以这本书也需要你在无聊时熟读。

你不是叫我们不要读写作指导书吗，现在怎么一点点的又让我们读起来了。那好，不要读！不要读行了吧！如果想了解三幕理论，深山老哥写的《韩国老哥教你写剧本》也讲解得很清楚，你可以去读那本书。

在写作的过程中你会发现，写第二幕是最困难的。因为到了这时你总会感觉少了点什么。大部分的菜鸟编剧们进入到第二幕之后，就不知道该怎么往下写了。记得我前面跟你说过一定要读的写作指导书吗？对了！就是布莱克·斯耐德的《救猫咪：电影编剧宝典》。这位老哥也遇到过这样的困难。终于，经过刻苦的实战及研究，他把三幕理论研究得非常透彻。这本书的优点是，他以自己独有的观点，解释了三幕理论。这本书必须要读完。

什么？你说如果是那样直接去读那本书就好了，为什么还要来读这本书？知道了，考虑到你的钱包，我来简单概括一下，三幕理论细分下来是这样的。

你可以按照以下的方式，制作独幕电视剧的三幕结构。

第一幕，建置。也就是进行设置的过程。大概是 A4 纸 10 页的篇幅。你知道通过什么进行的吧？对了，就是通过一个激发事件。在第一幕里，激发事件是最重要的。

首先是开场戏。这是决定电视剧的整体印象以及整体的表现基调和手法的戏。开场戏有以图像开始、以事件开始、以主角的日常生活开始等多种方式。其中以图像开始的方式显得更加专业，更像电影。而且也可以稍微地暗示一下主题。

不管是采用以上的哪种方式作为开场，接下来都要通过事件来展示主人公的角色特征，同时自然地呈现出背景和反派，也要埋下关于主人公"有魅力的缺陷"的伏笔。

《救猫咪：电影编剧宝典》里再三强调的一点是，不管主人公是好人还是坏人，必须要有一个可以让观众喜欢的点。这样观众才能把情绪代入到角色当中。

这时激发事件就降临到主人公的头上。工作调度或者被解雇、老婆出轨或者接到病危通知，或者主人公被冤枉、父母或者恋人死在仇家的手上，或者在很尴尬的场景下和她相遇，或者和蛇蝎美人发生一夜情，等等，这个激发事件就是第一幕的情节点（结构点）。就是说这是一个非常重要的事件。

第一幕的最后是"争执"。简单来说就是"那现在怎么办？""怎么会发生这种事情！""这我怎么可能办到？""不可能完成，但我必须要做！"这样的过程。最终主人公要通过某种暗示，被动地做出决定。这是构建主要牵动点的过程。"主角能做到吗？"如果是爱情剧就是"他们俩最终可以幸福地在一起吗？"就是让观众产生这样的情绪。

必须要有争执。这是因为，一直闷头往前冲的人物是没有魅力的。就是要在这里悄悄地埋下主人公"内心的冲突"的种子。也是提供观众一个可以一同进行思考的地方。

如果像这样在第一幕建置过程中通过激发事件，完成了主要牵动点的设定，那么主要的剧情将从第二幕开始。第二幕刚开始时，要把节奏降下来。就是说要给观众一个喘息的时间。

"好了，让我们来看另外一边。"像这种感觉，如果要呈现新的舞台，就要对这个舞台进行说明。而且要在这里仔细地展示主人公的友好势力，也就是配角。

好了，既然已经歇过了，我们又要开始跑了。接下来要给观众提供"娱乐游戏"。在这里我们要再一次进入到主线剧情当中，主人公要在这里遇到各种障碍。在这里要记得适当调整强度。就是说障碍的强度要越来越大，但是在全剧的一半左右，也就是 A4 纸 20 页的前后，必须要展现主人公在经历了困境后胜利（或失败）的过程。这被称之为"伪胜利"。这将和第三幕里出现的"真正的胜利"

形成对比。因为只有经历过了"伪胜利"或者"伪失败"，才能在第三幕，当"真正的胜利"到来时，带给观众更大的感动。

如果放到爱情剧里，就是先要展现两个人磕磕绊绊的过程，然后在第三次见面或者段落（scquence）里有情感上的触动，才会出现新的进展。比如男主救女主或者是发现对方心里的阴影、或者从对方身上感受到异性的魅力。这将成为转折点，会让人在剧的中间感受到伪胜利，误以为恋爱已经成功。业界管这个叫"三次法则"。

简单来说就是现在需要逃离某处，第一次和第二次要以失败而告终，然后在第三次成功逃离。而且是用伪逃离的方式。就是说第三次不管是什么样的形式，都要有新的局面出现。因为如果第三次还是出现和前面两次相同的情形，观众会变得不耐烦，然后换台。

至于为什么命名为"娱乐游戏"，就是因为其过程有趣且让人开心。这是预告片的主要来源，观众们喜欢的重要情节主要出现在这一部分。就是说这一部分是最重要的部分。

就算是伪胜利，但是主人公——战胜困难的场景，必须要让观众以为这是真正的胜利。主线剧情发展到这里后，要出现巨大的转折。就是从"中点"开始。适用于中点的法则就是"凯瑞斯·哈丁法则"。

凯瑞斯·哈丁法则 | 当一切看起来妙不可言时，恰恰不是这么回事。

就是这样一个法则。你问我凯瑞斯·哈丁大哥是做什么的？这个我也不知道，跳过。

反正我将此称为"不安的幸福"法则。这个名字我是从山之声（韩国乐队）金昌完大哥的歌名中拿过来的。

就是在主人公想着"我真的可以获得这样的幸福吗？"或是"经过千辛万苦我终于来到了这一步。看来可以喘口气了"的瞬间，邪恶力量开始了无情地反击。这是正式的反击，也是最有利的反击。

于此相比，前面"娱乐游戏"里的反击只能算是儿戏。这一部分，就是"坏蛋正式逼近！"从这里开始，就会紧紧地揪住观众的心。

这时候要从观众的口中听到"怎么办，该怎么办，完了"。以为已经获得了胜利的主人公，以为事情的进展过于顺利的主人公，将在这里受到无情的打击。主人公将在这里受到精神及肉体的双重打击，有时主人公的团队还会在这里因内部的分歧、怀疑、嫉妒而被瓦解，可能还会出现叛徒。

在这里必须要注意的一点是，"坏蛋正式逼近"必须要遵循"海因里希法则"（Heinrich's Law）。

海因里希法则 | 证明在大型事故发生前，一定会发生与此相关的无数个微型事故和征兆的法则。

换句话说就是"坏蛋是慢慢逼近的，就像冰河一样！"就是说坏蛋不要唐突地直接出现，而是要在前面埋下适当的伏笔。

坏蛋出现，引起事态后，引发的情节点是"绝望的瞬间"（一无所有）。就是主人公彻底被打倒。有时在这里还会出现与主人公最亲近的人迎来死亡的场景。

接下来是第二幕最后的情节点"灵魂的黑夜"。简单了说就是"亲爱的主啊！你就这样抛弃我了吗……"也可以看作是黎明前的黑暗。在这绝望的尽头，主人公终于直视自己的内心，并找到"拯救所有人的方法"。或者是意外地捡到彩票（友好势力的帮助）。主人公以此为武器奔向第三幕的"最终决战"场地。

如果是爱情剧的话就是，因遇到某种障碍而悲痛分手的恋人（坏蛋逼近），在寂寞和孤独的思念彼此（绝望的瞬间）的过程中，知道自己离不开对方或者得到第三者的帮助（灵魂的黑夜）后，奔向第三幕。到这里为止，为 A4 纸 30 页的篇幅，也就是四分之三。

第三幕就是我们常说的"高潮"，也叫作"最终决战"。主人公最终靠一己之力，艰难地战胜反派和障碍。这里要在"一己"里划重点。在这个过程中，要把前面埋下的伏笔全部揭开。写到这里后就只剩下结局或者后记了。因为主人公的努力而发生变化的关系，就是通过这一事件带来的领悟。也要展示出主人公克服缺点后的变化。

我又不是大峙洞学院的讲师，是不是讲得太像数学公式了？但是我想说的是，除了具有另类故事情节的少部分作品，如安德烈·塔可夫斯基类型的艺术片、洪尚秀导演的电影、《记忆碎片》和《薄荷糖》等等之外，遵循三幕理论的作品，基本上都是这样的结构。是不是很惊讶？就是说从古罗马时代开始，人类的大脑就喜欢这种讲故事的模式。这一点不用再怀疑。

听过了这样苦口婆心的讲解，如果还是不能打消你的不安和疑虑，那么我再举两个例子。你可以看一下，最近 KBS 的特播剧《金枪鱼与海豚》和独幕剧的经典作品《我未婚妻的故事》的视频或者剧本。前者是有趣且欢快的浪漫喜剧，后者是就算现在观看，都会有潮水般的感动袭来的情感剧。看完绝对不会后悔。你先看完。看完之后我们

再聊。（请参考附录 227 页）

怎么样？我说得没错吧。但是，这些只是拿来作分析用的。也许你不禁有这样的疑问，写这些剧的编剧在写作时，是有意地根据这种结构来写的吗？反正我觉得应该不是！我觉得作者应该是根据写作时手指的节拍来写的。

应该是边想着"哦，写到这里应该要发生激发事件了，这里应该痛快地走一下主线剧情。差不多写到一半了，让我反转一下剧情。开始有点沉闷了，需要转换一下"来写的。这样才比较合理。

你是因为第一次进行写作，所以才需要这样的结构分析。

你问我怎么才能培养写作时手指的节拍？

我推荐的方法是根据不同的类型，选择你想要攻克的作品，并深挖下去。这当然必须是你喜欢的作品。喜欢情节剧就选择情节剧，喜欢探案剧就选择探案剧，喜欢喜剧就选择喜剧。仔细看一遍是基本的，如果相同的作品你看 10 遍以上，肯定会自然而然地了解到节拍。这个方法比看 10 遍写作指导书还有效，然后再通过实际的写作来体会。写作时还可以边想着，为什么写得这么无趣？我为什么还没有找到节拍？

我再强调一次，故事情节是可循环利用的资源，是公共资源。使用时不需要有负罪感，直接拿过去用就好了。

当然也有那种族谱里都没有的故事情节。就是我前面提到过的另类的故事情节。我前面不是举了安德烈·塔可夫斯基的艺术片、洪尚秀导演的电影、《记忆碎片》和《薄荷糖》等电影的例子吗？

但是，这些不是你现在可以挑战的。另类的作品只有在完全掌握了现有的文法后，才能开始构思。你只要回想一下，毕加索为了创立立体主义，多么刻苦地研究了之前的绘画风格就知道了。另类不是平白无故就产生的。所以在完全掌握了正统后，再去尝试另类吧。

好了，作业来了！选择要攻克的电影或者电视剧。先正常地看一遍，然后想着结构再看一遍，想着角色和台词再看一遍。你问这次作业完成后，是不是可以马上开始写剧本了？哦……这个你自己看着办吧。我要去喝杯小酒，弹个吉他了。你说羡慕我？我是导演，你只是一个初学者！（用金荷娜的语气）

等某一天你成为了大编剧，你也可以过这样的生活！但，在那一天到来之前，你们要加油哦！

一眼看清电视剧情节

第一幕

开场戏： 向观众展示主人公—背景—反派—埋伏笔

情节点： 激发事件

争执： 构建主要牵动点—埋下内心冲突的伏笔

第二幕

喘口气： 介绍新的舞台—介绍配角

娱乐游戏： 遇到障碍—伪胜利或者伪失败

中点： 不安的幸福法则，新的局面—坏蛋开始正式反击

绝望的瞬间： 主人公彻底被打倒

灵魂的黑夜： 绝望的尽头—此时发现最后的希望

第三幕

最终决战： 主人公靠一己之力，战胜反派和障碍

结尾： 大团圆的结局

故事是不是从头至尾
都一直徘徊在绝望的边缘

电视剧的故事里需要避免的 3 个方向

昨晚你喝了很多酒。还记得给我打过电话吗？我怎么说也比你多活了 20 多年，就算你再怎么写不出剧本，也不能在电话里说那么多不该说的话，不是吗？自从上次你急着要开始写剧本，我就有点担心。其实我也不容易。孤独是人生的作料。好了，你就把你现在的痛苦，当成是你成长的痛苦好了。

不知不觉我们讲过了故事线、角色、故事情节。如果现在你有感觉了，就可以开始写了。前提是你认为你是一个天才编剧。我应该早点把这句话说出来的，在上次课的时候。

看来你也犹豫了，你也终于承认自己不是天才了，这样是对的。作为编剧需要诚实。说到这个天才……这个世界确实有一些天才。

我觉得金恩淑编剧是真正的天才。因为她没有一部失败的作品，都非常火。这是非常不容易的。如果经常拿自己和这些人作比较，人生会活得很累。你问我是不是可以把她作为榜样？嗯，这也不行！不行！你自己会受伤。除了金恩淑编剧之外不是还有奉俊昊、斯皮尔伯格、史蒂夫·乔布斯、金妍儿、李承烨（韩国棒球选手）这样的天才吗？这些人你只要想着"哇！和这些人生活在同一个时代，是我的荣幸！"就可以了。这样才能活得舒心。

不管怎么样我们先来看一下，你的剧本为什么写不下去。

遇到这种情况十有八九是角色的问题。是不是主人公没有做事情，而是一直在准备？或是一直在讲大道理？大部分情况是把角色代入到故事线时，代入的有问题。不对，也可能是在之前企划阶段，焦点没找好。

1. 只有自己喜欢或者只有自己知道的故事

记得前面我用自己孤独的写作生涯，进行过忏悔仪式的事情吧？这是初学者经常犯的错误之一。就是觉得自己突然来了灵感，然后就马上开始动笔写作。但是，在此之前我们需要进行什么？对了，就是需要先进行验证。那我们要怎么样进行验证呢？那就是通过"市场调研"。

你在星巴克喝咖啡，发现旁边有一个不错的咖学族（在咖啡店学习的人）。你就悄悄走近他，跟他说"我是两三年后，会拿1亿韩元年薪的未来的大编剧。我这里有一个故事你看觉得怎么样？"这样一点点地往下聊。可能刚开始那个人会觉得莫名其妙，但他会马上听你讲下去。因为没有人不喜欢有趣的故事。

但是，从某一个瞬间开始，他的表情突然开始变了，他开始怀疑你是不是从某个精神病院逃出来的患者……这时你就要马上跟他说"对不起"然后直接离开。这是一个必要的过程。因为你的故事必须要是能让你面前的人，一直愉快地听下去的故事。

詹姆斯·帕特森老哥曾经说过这样的话。

"在写作前，你要想象你是在给坐在你面前的某个人讲故事，而且不能让他因为无聊而离开自己的座位！"

你问我詹姆斯·帕特森又是谁？我跟这位老哥也不是很熟，跳过！不管怎么样，让观众觉得无聊是最大的罪过。如果不经过市场调研这个环节，就直接开始写作，那么"只有自己喜欢的故事"就会变质成"只有自己知道的故事"，这会让看剧本的人充满愤怒，或者让他产生"这个人没有我厉害"的自信。

2. 从开始到结束一直都很黑暗的故事

我把这样的故事称为"地铁一号线"。就是一直徘徊在隧道里的故事。人们大部分都喜欢明亮的故事。我不是叫你不要写剧情片，而是要你张弛有度地掌握情感的起落，不能让整个故事自始至终都在黑暗里徘徊。你必须要让观众坐上充满喜怒哀乐和七情六欲的过山车。

3. 为了追赶潮流而自取灭亡的情况

每个人都说要追赶潮流。但其实，编剧是创造潮流的，不是追赶潮流的。在那些迎合潮流的作品中，我就没有看到过成功的例子。

记得《建筑学概论》这部电影吧？虽然电影评论员们都分析说该电影正确地反映了三四十岁人群的怀旧潮流。但其实，这部电影是该片的导演从电影上映的七八年前就开始策划的，是以他大学时期的初恋为原型的。而且幸运地遇到了叫明永的制作公司（Myeong Films），被拍成了电影。就是说导演并没有考虑潮流，而只是把打动自己内心的故事培育成了电影。但是关于潮流，必须要遵守一些规则，那就是不能出现和这个时代的主流思想背道而驰的角色或者片段。

虽说灰姑娘或者麻烦家伙这种角色，以及反映性别差异的片段等是要反映潮流的，但是，需要从策划阶段就开始考虑潮流吗？哦……我觉得你只要把能不能打动你内心，当作判断是不是潮流的依据就好了。

偶尔会出现同一时期拍摄了好几部类似电视剧的情况。我觉得这应该只是偶然现象。比如前段时间出现的，《来自星星的你》《蓝色大海的传说》《孤单又灿烂的神：鬼怪》《黑骑士》这种不死主人公的题材。至于哪些成功哪些不成功，就要看你自己的判断了。

主人公
不能太安分

主人公看起来过于平凡的 7 个理由

好了，我们开始正式地深挖一下角色。你不是一直好奇，自己为什么到角色这一块就写不下去了吗？这是因为以下的原因。

1. 主人公是过于被动的角色。所以推动故事的不是主人公的原始动力，叙事的重点主要集中在主人公对于周围事件的看法上

记得之前我创作的被诅咒的巨作《为了艺术家们》吧？里面的主人公是一位助演。对于这部剧，我在前面也做了检讨，因为主人公只是一个助演，所以在剧中，他只有对自己经历的事件或者周围人物的感受，而没有实际想做什么的动力。

记得我从中得到的教训是什么吧？就是主人公不能太安分。要有为了做成某事而挣扎的欲望，这样才能产生碰撞，才能出现冲突。我偶尔也碰到过这样的学生。就是那种"为什么主人公必须要有目标？我不要写那种常规的作品"的学生。

以前我还会对这样的学生说"那你写一个主人公没有目标，但依然有趣的剧本给我看看"，而现在我会说："你不要写了！不要写！主人公没有目标，怎么能是一个故事。你要想写这种的话，你去写随笔或者博文好了。"

2. 主人公的目标不够迫切或者不够真实，所以主人公的行为得不到观众的鼓励

说到主人公的目标，你可能想到的是类似于漫威超级英雄那种"拯救地球"的超级目标。但不是这种，还记得是什么吗？就是在主人公所处的环境下，让观众觉得他的目标足够迫切，足够真实就可以了。就算那是非常小的目标。

《马拉松》里的曹承佑虽然是自闭症患者，但他的目标是完成马拉松。《追击者》里孙贤周的目标是为死去的

女儿伸冤，并向凶手复仇。你可以看一下伊朗电影《天堂的孩子》，主人公的目标是为了给妹妹赢得一双运动鞋，所以必须要在儿童长跑比赛中获得季军，因为季军的奖品是一双运动鞋。在所有爱情片里，主人公的目标永远是在绕了一大圈后，发现她才是自己命中注定的爱人，然后要么争取，要么离开。

3. 不要让主人公离开舞台太久

这句话听起来理所当然，但让人意外的是，做不到的初学者大有人在。说得极端一点就是，看到每场戏的列表时，每场戏都要有主人公，不管是男主人公还是女主人公。你就当这个是规则就行了。只有那些脱离同一时间线的补充戏份可以不遵守这项规则。

观众不会关心除了主人公们的行为和心理以外的其他事情。你说你想用支线来讲配角的故事？如果想那样做的话，那么在那期间必须要和主人公产生联系。不然的话会成为另外的故事。你把主人公放到舞台外的瞬间，你的剧本就免不了被丢弃到打印机双面打印位置的命运。

4. 反派或者障碍太弱，困难很容易被解决

前面讲到创造角色玩的游戏时我也说过，反派也要写

自我介绍。我之所以这样说是因为新人一般只会去关注主角。除此之外，你还可以给反派或者会成为障碍的体系画一个全局图。反派也要给可以说出自己观点的机会。只有这样反派才能变得更加具有魅力，也才具有和主角对抗的能力，这样的故事才有张力。这时要注意的是反派的性格。一开始必须让人觉得不可调和，但了解之后发现并非完全不可调和，也就是所谓的"不可能但是并非绝不可能！"（impossible but not impossible!）

5. 主人公的精神世界过于崇高，以至于角色没有任何可以转变的余地

如果角色过于完美，会不会让人觉得不够真实？你可以在刚开始时，把所有的东西都倒退一步。这里的倒退要和什么做对比呢？是要和结局做对比。因为在结局主人公要得到成长。或者领悟到什么，再或者得到某种教训。

角色面对的状况也是一样的。刚开始时你索性一咬牙，把人物丢到最极端的状况当中！太过于心慈手软或者"我下不了这个狠心"的朋友们可能做不好这件事情，但是如果想写剧本，要舍弃这种懦弱的感性！

如果你的设定是贫穷的待就业学生，那你要写成穷得不能再穷的状况，这样你写起来才方便，写的时候也才会

产生怜悯的情绪。

你可以回想一下小说《罪与罚》。主人公好像是叫作拉斯柯尔尼科夫。不管怎么样，反正就是这位兄弟不是因为生计所迫，杀死了放高利贷的老太婆吗；而且他还有从财富的分配角度来说，这是正当杀人的观点。我说的就是像这样。你一咬牙，把主角的精神世界和所处的状况，都倒退一步。

我们也可以来看一下我尊敬的编剧和导演李沧东的电影。在《薄荷糖》《诗》《密阳》等电影里，主人公所面对的，都是最极端的状况。你要咬紧牙关，把人物丢到最刺骨的痛苦状况当中！

6. 如果主人公没有内心的挣扎，就会沦为编剧的玩偶

包括主人公在内，你剧本里的所有人物，最喜欢的歌曲都应该是野菊花（韩国老牌组合）的《拜托》。在这首歌中仁权哥呐喊着：

"我不是你的玩偶啊……"

如果你不给主人公埋下内心的挣扎，主人公就会成为你的玩偶，就会成为傀儡人偶。如果是这样，主人公只能起到为你解决表面上看得到的障碍的作用。那么，作品就会成为典型的，只有"骨架"的电视剧。这样会让观众没

有了感同身受的感觉。菜鸟和高手写剧本时的差距就在这里。在李沧东导演的电影《诗》当中，主人公老奶奶得知自己当金枝玉叶养大的孙子参与到了轮奸的罪行当中，马上就产生了内心的挣扎。要不要报警？这种内心的挣扎，会绷紧观众的神经。

那要怎么展示内心的挣扎呢？不能用台词直接说出来，而是要让观众看到。直接用台词说出来是菜鸟的做法，这个我后面还会讲到。

7. 主人公有太多的能力带来的弊端

简单来说就是，主人公具有"读心"的能力。那么你要不断利用这个设定，而不能根据需要不断地给主人公添加其他的设定。主人公有读心的能力，如果你再给他增加瞬间移动的技能的话，不但让观众无法在短时间内接受这个设定，而且故事也会变得松散。我说过，就算是主人公，每个人也只能有一个吸引人的能力，就一个。你要一直重复地利用这一个能力。这样观众才能将注意力集中到你的故事当中，故事才会变得紧凑。

极致地
深挖事件

想要创作更好的故事情节必须知道的 3 件事

前面我们说了故事和角色的问题。那要不接下来我们解决一下故事情节的问题？现在我来告诉你为什么你编的故事那么松散，总觉得哪里对不上。

1. 是否采用了符合你剧本类型的表现基调和手法？

这个我前面也讲过了。写完故事线后，你要参考 10 部左右类似的作品。这样你就会产生"啊，这种题材要用这样的手法""这种类型的剧只能采用这样的故事情节"的这种感觉。业界管这个叫"表现基调和手法"。如果在违背了这一条的情况下，故事还是依然有趣，那么要么编剧是个天才，要么这部作品被沦为"被诅咒的巨作"的可能性比较高。

知道电影《1987》的导演张俊焕吧？电影很好看是吧？他是在 2003 年通过《守护地球》出道的。这部作品完全违背了观众认知中的"表现基调和手法"。观众在看到海报和电影名称后以为会是黑色喜剧片，但是在这部作品里其实包含了恐怖喜剧、社会问题、外星人等各种题材。

在业内甚至出现了"张俊焕导演是天才这一说"，但是票房却极其惨淡。虽然《守护地球》上了"被诅咒的巨作"的榜单，但是在资本主义社会，绝对没有"慈善资本"这一说。所以在制作出《1987》这部名作前，张导演受了不少苦。

所以你在刚开始的时候，连想都不要想。那什么时候寻求变化呢？就是在完全掌握了现有的文法后再去尝试。等你积累了一定的内功以后，还有就是等你有了实力以后。在这里要在"有了实力以后"划重点。

也有这种情况。知道写了《我的大叔》的朴惠英编剧吧？这是一部可以排进我最喜欢的电视剧前 5 名的作品。这是一部爱情剧，但是竟然在台词里没有使用一句"我爱你"。这是一部完美地融合了"商业性"和"艺术性"的佳作，是一部看哭了男性观众的作品。据说当时朴惠英编剧想先制作《我的大叔》，后制作《又一个吴海英》。但这时聪明的制作人提醒了她。

"编剧老师，《又一个吴海英》是一部更加大众化的作品，应该更受观众的喜欢。所以先制作这一部。然后再制作《我的大叔》，您看怎么样？"

知道是什么意思了吧？结果这两部作品都很火。但是在最开始的时候，如果乍一看，应该是《我的大叔》的风险更高。因为这部作品刚开始的时候过于黑暗。在战略上这是非常优秀的安排，首先把更有把握的作品制作出来，有了口碑后，再悄悄地给观众展示"其实我还写过这样的作品"。结果这部作品又是大火。

2. 没有写情节大纲或者场景列表

情节大纲是针对主线剧情，按照片段（sequence）整理出来的。而在此基础上，用一句话概括每一个场景的列表就是"场景列表"或者"场景构成"。

对于场景列表和场景构成是否是同一个东西，在业内存在一定的争论，但我觉得这种争议没有必要。在这里我可以坦白，其实在当初写作时，我也没有写情节大纲和场景列表。当时我自负地认为，这些都在我的脑子里。但你知道这是哪些人的特权吗？对了！这些是只有那些天才们才有的特权。

说错了，其实就算是天才编剧，应该也是先制作好场景构成之后，再开始写作，因为这是很重要的。所有写作指导书上也都强调这一点。有人将这称之为"卡片游戏"，有人称之为"便利贴游戏"，也有人称之为"场景列表游戏"。

你可以尝试着在小卡片或者便利贴上写上场景、背景、人物、一句话的概括、主人公内心的反应等，贴到白板上。然后以此勾画出故事情节和整体画面或者结构点（转折点、情节点）等。并每次有新的想法时，对其进行删减操作。

在这样的过程中，你起码会在某一天看到故事的开端、中段和结尾。就是说你要把这些当作你的"指南针"。每个编剧的工作室里都有一样必不可少的东西，那就是白板。那上面粘贴着无数个写着重要笔记的便利贴或者待解决的问题。那些你还没有解决的问题，你要一直记着，直到解决掉为止。虽然这些我都没有做，但是你必须养成这样做的习惯，因为这是非常好的习惯。

3. 对于可以成为结构点、情节点转折点的事件，你要花 10 倍的精力去深挖下去

记得我前面讲过的电视剧三幕细分理论吧？比如，第一幕的激发事件和第二幕的娱乐游戏、中点、坏蛋逼近、

绝望的瞬间等情节点事件，都是非常重要的节点。对于这些节点，你不要有 "这样就够了" 的想法。因为你要用这些节点来吸引观众。

你可以扪心自问一下，"这场戏写得真的好吗？" "有没有比这更好的方法"。你要带给观众"你们有办法不被我吸引吗？"这种程度的有杀伤力的事件。如果在这些节点上，你还是酒不像酒，水不像水的话，剧本就没有了张力。

你说我说得轻巧？是啊是啊，是我说得轻巧。但是，你就把它当作成为优秀作家，必须经过的通关仪式吧。就算很难，也要坚持下去！

先迈出去
再说

写剧本时编剧应有的姿态

几年前我做过 SBS 电视剧制片人新员工的入职审查工作。大概是"好了，现在告诉我们你为什么要当电视剧制片人，其中对你影响最大的 3 件事情是什么？"这样的一个过程。有一个第一印象还不错的朋友，说了这样的开场白。

"我住在新亭洞。我上次到 SBS 总部面试时是走着过去的，期间要经过多达 15 条人行道。在经过每一条人行道时我都在想，制作电视剧应该就是这样默默地坚持下去的过程……（吧啦吧啦）"

听到那个朋友的台词后我和他说了这样的话。

103

"孩子，制作电视剧不是通过人行道，而是从山底背着30千克的行囊，一步一步爬上阿尔卑斯山的艰苦行程。竟然拿区区的人行道来作比较……胡闹！"

也许写剧本应该也是类似的。可能刚开始会让你觉得那么遥不可及，那么令人害怕，但是当你一步一步地迈出脚步后发现自己已然开始了旅程，在这个过程中觉得实在太痛苦了，你可以停下来吹吹风，休息一会儿。在这样反反复复的过程中，在某一个瞬间你就会发现山峰出现在了你的眼前。

这时候你就要听一首歌了。写过《黎明的眼睛》《沙漏情人》的宋智娜编剧在从事电视剧的写作前，曾经担任过电视节目的编剧。她在1988年首尔奥运会时，看到一位与奖牌无缘的运动员凄凉的背影，就拜托金民基大哥写了一首歌。这样创作出来的歌曲叫作《山峰》。这首歌本来应该在喝醉后听才有感觉，但今天让我们在清醒的状态下一起听一下吧。

你可以打用听歌软件搜索《山峰》这首歌。虽然很多人都翻唱过，但是听原版才是最棒的。静静读着诗的金敏基大哥的声音，加上像咏诵诗歌一样一句一句唱着的歌词，会不自觉的触动你柔软的内心，让眼泪不自觉地……呜呜。（啊，太丢人了……但是我好喜欢这种感觉）

杨熙恩大姐也翻唱过这首歌。如果说敏基大哥的版本像一个人咏诵的歌曲，那么杨熙恩大姐的版本就像在安慰我们一般。两个都是名曲，你一定要听一下。

　　怎么样？是不是感觉很温暖？现在我们的故事也要接近尾声了。我也下定决心不再教训你了，因为我没有见过有人在伤害了别人后还有好结果的。人生就是这样的。人一辈子也不长，至于要通过伤害别人来获得成功吗。什么？你说我已经伤害过你三四次了？哦……

如果有两个暖男
同时向你求婚

让你娴熟地写出电视剧剧本的方法

这次课的内容是教你怎样更加娴熟地写出剧本。让我给你讲一下更加简练、润滑、循序渐进地写出剧本的方法。虽然你可能觉得有点儿突兀，但是我想在这里讲一下怎么写台词、进行说明的技巧、怎样埋下伏笔和揭开伏笔、怎样场景转换、以及蒙太奇写作方法等。

记不记得我之前说过写电视剧的过程和谈恋爱的过程有点类似。

想象一下，你面前有两个暖男同时向你求婚。

有一个拿着钻戒和鲜花对你说"我会爱你一生一世"，

而另一个则给你唱以你为主人公的情歌（应该是李笛的《幸好》比较应景吧？如果你觉得太阴沉了就换成李胜基的《结婚好吗》），等到歌曲快要结束的时候，他送给你一份以你为主人公的他亲手写的诗集和一枚钻戒。你会选择哪个？

这是肯定的！什么？你说你更喜欢钻戒？喂，你知不知道被钻戒所迷惑而结婚的情侣中，离婚率高达 90%。怎么说你也是做艺术的……

不管怎么样，虽然我也承认这个比喻有点不太恰当。但我要说的重点是绝对不要强求对方的感情，要让他（她）自然地去感受。

我不管你在现实中会不会被钻戒所诱惑，但在写剧本时你要选择后者。专业性的说法或者业界的说法是"不要说出来，要展现出来"。

不论编剧多么想通过剧本来表达深奥的主题，或者多么想展示主人公这个角色的魅力，或者想说明主人公内心多么的矛盾，又或者想给观众说明观众必须知晓的信息或者背景时，不要直接讲给观众听，而是要通过人物的行动或者物品展示出来。如果你实在想用台词，那么你就用隐喻或者埋伏笔的台词来展示！

你问我为什么？这是因为电视剧是视觉叙事。观众比我们想象的更具有洞察力，更加敏锐！

电视剧和谈恋爱相似的地方还有一点。就是要和观众进行"欲擒故纵"的把戏。那通过什么方法呢？对了，就是通过"灵魂出窍"。比如你想吸引一个心仪的对象，如果一开始就向对方展示自己的一切就太无趣了，而且如果你过分主动，还有可能把对方吓坏。就是说你不能太着急，要一点一点的向对方展示自己的魅力。

对观众也是一样的。我的故事的开场戏是这样开始的。而到了激发事件要让大家有"怎么样，有意思吧？"这样的反应就可以了。然后就是"现在，我们马上开始进入第二幕"这样的姿态。

要你"灵魂出窍"的意思是，你要从客观的角度去考虑"这种程度的戏能不能吸引住观众？"就是"好像见到过很多这样的戏，观众会不会审美疲劳？要不稍微改动一下？""到目前为止已经充分地消除了观众的疑虑，要不从中点开始把氛围弄得紧张起来？"这样的姿态。

只要成功吸引住了观众，那么你就要通过"欲擒故纵"来赢得主动权。什么？你说你是"容陷爱"（容易陷入爱情）？我不管你在现实中是不是"容陷爱"，但在写剧本时，你必要和彻底地贯彻"欲擒故纵"这一原则。通过什么？就是通过"灵魂出窍"。

有一位叫作维基·金的老哥。他写了一本叫作《21 天搞定电影剧本》的书。书的名称很有诱惑力。如果你想看也可以看一下……反正这位老哥说过这样的话。

"用心写，用感性思维来创作！"

用感性思维来创作，和我说的通过"灵魂出窍"的方式，边"欲擒故纵"边看观众有没有成功被你吸引，其实是一脉相通的。

从配角的台词
就能看出编剧的功底

通过捡台词，培养自己的台词感

　　台词具有展现角色、推动故事的发展、传递信息的作用。当然这些都是基本功能。在担任作品征集大赛的评委时经常见到这样的评委，他们说光看配角的台词，马上就知道这个编剧到底有多少功底。

　　我在前面说过这样的话吧？剧本里的角色们最喜欢的歌曲是野菊花的《拜托》："我不是你的玩偶啊……"

　　菜鸟编剧们最不擅长的事情就是配角或者龙套的台词。他们只会给这些角色分配功能性的台词。就好比医生这个角色的"您只剩下三个月的时间了"这句台词。因为这句台词里没有对于这个角色进行个性上的考虑。他们也有自己的家庭，是某些人心中的整个世界。所以不要太疏远他们。

其实我经常说这样的话，那就是：台词感是天生的。故事情节是可以通过学习学到的，但是台词方面的话会有一些学不到的东西。

写了《听见你的声音》的朴惠莲编剧曾经坦率地说过："像卢熙京编剧和李庆熙编剧这些老师的一些有深度的台词，我确实学都学不来。"

是不是非常坦诚。就算是对朴惠莲这样的编剧老师来说，台词还是一个难题。相反，不知道为什么金恩淑编剧老师的台词就写得那么好，这个世界太不公平了（嘟嘟囔囔）。

你问我怎么办？没有别的办法。如果你不想写出"我很好，谢谢（I'm fine, thank you）这种无意义的台词，就要进行在现实生活中捡台词的练习。

有空你可以看一下金薰老师的新书《用铅笔记录》。他在湖水公园倾听老人们聊天的内容，并记在了这本书里，非常有趣。当他们谈到死亡时，你甚至可以感受到悲伤的情绪。这样捡来的台词才是最生动的。

在我们的周围不是都有那种台词说得很有意思的朋友吗。如果你听到有趣的台词或者表述，就马上记下来。你可以录到手机里做备份。电视剧的台词要与众不同。让我们来听一下施耐德大哥是怎么说的。

"有魅力的人物的说话方式与你我不同，他们有自己独特的说话方式，这使得他们高于常人。"

"在优秀的剧本中，每个人说话的方式都不一样，就算是'你好，最近好吗？'这种最平常的台词，每个人物都必须有自己独特的方式。"

——摘自布莱克·斯奈德的《救猫咪：电影编剧宝典》

说到经典台词，大家想到的可能是非常有文学修养的、或者像诗一样优美的台词，但其实经典台词，大部分都是非常平凡的台词。我把这称之为"经典台词的平凡性"。但是有一个前提！就是这句台词必须要完美地融合到人物所处的事件或者环境当中。

记得《沙漏情人》里宋智娜编剧写的那句经典的"你……吃过饭了吗？"这句台词吗？据说她当时为了写出这句台词，足足考虑了一周。在宇硕的人生中最重要的司法考试那天，在赶去考场的路上被小混混们拦截。他们是来抓泰修的。双方发生搏斗，导致宇硕迟到。考试算是毁了。对于导致毁掉自己人生中最重要的考试的罪魁祸首泰修，他既有怨恨也有担心。那天晚上他慢慢地走在路口，看到了站在前方的泰修。宇硕考虑了半天自己要说什么，突然说了一句。

"你……吃过饭了吗？"

宋编剧为了这场戏，反反复复地考虑了一周，想过了各种台词。但是她最终发现"你……吃过饭了吗？"才是在这样的场景下，宇硕能说出的最佳的台词。

后来这句台词在电影《杀人的回忆》得到了升华，获得了新的情感上的冲击。宋康昊见到朴海日时，他明明觉得对方就是凶手，他真的很想把对方揍一顿，然后把他送进监狱，但是没有证据。他用厌恶和愤怒的眼神凝视着对方，说出这句台词。

"你吃过饭了吗？"

据说这句台词也是演员宋康昊沉思苦想了3天的台词。我就是想告诉大家，当有剧中的状况做衬托的时候、当观众的情绪完全投入到主人公身上时，这样平凡的台词也能成为经典台词。

把观众想看到的
用不同的方式演绎出来

经典台词的原则

哎……其实我也有过一段难忘的过往。就是黑暗的助理导演时期。在卢熙京编剧老师的《他们生活的世界》里有一段宋慧乔的旁白。她从美好的童年讲到了和爸爸的回忆以及青春期，最后说到在电视台担任助理导演的时期是"自己人生中最黑暗的时期"。也就是说，当电视剧的助理导演是非常辛苦的。

1997 年，当时我还是助理导演。当时正在拍摄一部名为《天桥风云》的大作，拍摄过半，有一天"那个"来到了我的面前。是的，我记得好像是前一天被导演狠狠地教训了一顿，被臭骂了一通。我当时应该是被"那个东西"迷了心窍，双脚不自觉地向与公司完全相反的方向移动着。这当然属于无故旷工。我关掉寻呼机去了新村。

我走进一家录像厅，看了一部叫作《邮差》的影片。看完后我被感动得不行。当时就下了决心"是的，我是想拍电影的！"好像还买了当天晚上去江陵的火车票。在火车站还接受了警察的询问。毕竟当时的形象确实不像话。如果我见到了努力活着的朋友，是不是就会生出继续坚持的勇气？要不去在军队里去世的前辈的墓前谈谈心？就这样在那里喝了两天三夜的酒，终于到了该回去的时候。

我开始有点害怕。我下定决心，如果公司骂我，我就写辞职信。我买了凌晨 12 点从大田火车站出发去首尔的火车票后。虽然想着寻呼机里肯定都是各种骂我的录音。但是我还是鼓足了勇气，开始听寻呼机里的录音，其中有一位我的助理导演前辈的录音。他的那句话到现在都还环绕在我的耳边。

"政贤……吃过饭了吗？"

啊，说起那段时光，眼泪就不自觉地要流下来了……是我太感性了……怎么年纪大了还是这样……哎……

总之，你一定要记得"经典台词的平凡性"。

《巴黎恋人》的经典台词"宝贝，我们走吧！"

《秘密花园》的经典台词"吉罗琳小姐是从什么时候开始这么漂亮的？"

这些台词对于那些,有过长久地、陌生地凝视过爱人（心里喜欢的人）经历的人们来说,应该是曾经在心里出现过的台词。金恩淑编剧就是把这些台词从这些人的心里拿了出来。

我的酒友兼吉他朋友,写了《郑道传》《绿豆花》的郑贤民编剧,在讲座上说了这样的话。

"大家都在考虑怎样才能创作出角色和经典台词。但是,这里没有正确答案。这些都是来自编剧对生活的感悟。"

但是不要气馁。不要想得太难。他所说的其实是,编剧要拥有可以瞬间捕捉"平凡的日常"的温暖的视角。不管是角色还是台词,都和"经典台词的平凡性"是一脉相通的。

裴柔美编剧写的《要先接吻吗？》里有这样的台词。让我们直接看一下剧本里是怎么写的。

> **纯真**　（看着似乎覆盖了整个天地的雪景）为了继续活下去, 要在能舍弃的时候舍弃掉一些东西。不然明天也会像今天一样痛苦。
>
> **武寒**　（用痛苦的眼神望着纯真）……
>
> **纯真**　（向着雪景）有些痛苦没有办法减少, 也没有办

法习惯！根本无法解决！

对于一位失去了孩子的母亲来说，"有些痛苦没有办法减少，也没有办法习惯！根本无法解决！"这样的台词是很平凡的。对吧？但是不知道这句台词让我哭了多少回……

世越号遇难者家属们的悲伤，也许也是与此相似的？会不会裴编剧身上也有类似的悲伤？

让我们继续往后看。

尾声

在冬日铺满了白色大雪的动物园，武寒疯狂地奔跑着。

在白色的长椅上昏睡着的纯真。

疯狂寻找纯真的武寒发现躺在长椅上的纯真，顿时心里一凉。

战战兢兢地走向长椅的武寒，看到了纯真无力垂下的手臂上，向雪白的雪地一滴滴流下来的鲜红的血液！

还是来晚了一步！本来可以阻止这一切的！本来应该阻止这一切的，本来可以提早发现的！

武寒不自觉地膝盖弯曲跪了下去！

发了一会儿呆后，武寒好像突然想到了什么，匆匆忙忙地从口袋里翻出手绢，狠狠地为纯真的红色手腕止血。

抱着濒临死亡的纯真，拼命在雪地上奔跑的武寒。

戴着氧气罩，躺在救护车里的纯真。

用充满了恐惧和自责的眼神望着纯真的武寒。

武寒，轻轻地在纯真的耳边说了句什么。

（这不是你的错！不是你的错！）

纯真那毫无生命迹象的眼中流下了眼泪。

镜头锁定在看到纯真流下眼泪的双眼后已饱含热泪的武寒悲痛的眼睛。

第三集结束。

"这不是你的错！"（It's not your fault!）

这是电影《离开拉斯维加斯》《心灵捕手》里的经典台词。就算是在这样的电影里出现过，但是你把它用在其他的场景下，没人会说什么！只要是场景写得足够好，观众就会融入进去。我把这种现象称作"经典台词的相连性"。

要不我们再看最后一个？记得在电影《死亡诗社》里基丁老师说了什么吗？那就是"活在当下！"（Carpe diem! Seize the day!）

要怎样和这么帅气的话产生联系呢？下面是仁庭玉编剧在《预约爱情》里的台词。

活的时候活着，

死的时候就死着。

活的时候不要死着，
死的时候不要活着。
在男人的阶段活为男人，
在残疾的阶段活为残疾人。
在爱人的身份面前作为爱人而活，
在监护人的身份面前作为监护人而活。
就这样活着就够了。
不要回想过去沉溺于回忆，
不要遥望将来沉溺于担心。
就像活在现在一样，
为现在而活，好吗？

那么通过这个台词还能和哪些作品产生联系呢？让我们一起看一下出现在《耀眼》结束画面里的惠子的独白。

现在活得疲惫的你，
既然出生在了这个世界，
你有资格每天，
都享受这些。
过去了一个没什么了不起的一天，
就算又将迎来没什么特别的一天，
但人生值得一活。
满满都是后悔的过去，还有让人不安的未来，
不要因为那些毁了现在。

活在今天吧，

活得耀眼一些。

对于曾经是某个人的妈妈、妹妹、女儿，

还有——曾经是你的你来说，

你有这个资格。

呀……太美了！和"活在当下"是同样的意思，也是相同的哲学。斯奈德大哥一直强调的就是这一点。

"把观众想看到的，用不同的方式演绎出来。"

这不仅可以帮助我们定下电视剧的基调，而且还可以适用于编写"经典台词"。

埋下伏笔 — 尽情地 利用 — 揭开伏笔

首尾相呼应的台词

在"经典台词的平凡性"对面的尽头站着《追击者》（电视剧）的编剧朴庆秀。这位的台词就像是在写诗。他的暗喻手法也是一种艺术。但是2006年，他在《我的特别人生》上遭遇了人生的滑铁卢后，销声匿迹了一段时间。我估计他应该是独自承受着这段艰苦的时期，阅读了各种各样的书籍。结果呢？

他6年后的作品《追击者》，对比与之前的《我的特别人生》，在台词的深度上发生了巨大的变化。从此朴庆秀编剧的人生亮起了绿灯。而且我想他读过的书籍列表当中，一定有无数的诗集。

自尊心就像疯孩子头上插的一朵花。

不是每个村子都会有一个疯孩子吗。就是头上插着花到处跑的孩子。但是很奇怪不是吗？不管你摸她的脸、打她、推她，她都会笑呵呵的，但只要你一碰这个孩子头上的花她就会跟你拼命。

对她来说，她头上的花比自己的生命还要重要。

人们觉得是她疯了才会这样，但在我看来其实我们和她没什么区别。

每个人的头上都插着一朵花。这朵花明明没什么用，却看得比自己的生命还要重要。英旭啊，对你来说这朵花就是你的自尊心。

劝白弘锡放弃姜东润的台词

所有人都一样，都这样说。

说什么我们的友谊是天长地久的。说自己会成为法律和正义的守护者。

但是当他有了选择，就会露出自己的真面目。

> 如果说给他 30 亿（约 1800 万人民币），他会不惜杀掉自己的女儿，如果说给他总理的位置，他会不惜抛弃坚守了一生的信念。
>
> 然后辩解说自己别无选择……说是个人都会这样做。
>
> 因为如果让自己接受了这个事实，心里会好过一点。

还有最后一个。前面我不是说过"不要说出来，要展示出来"吗？但就算是这样，你还是想说出来的时候要怎么办呢？对了！就是把前面埋下的设定或者台词的伏笔揭露出来。这些都是我前面讲过的吧？

虽然金恩淑编剧的《阳光先生》里有很多经典场景，但在这里我们只看一个场景。就是那个著名的"什么是爱（What is the love）"的场景。

前面不是通过配角，有过一场埋伏笔的戏吗。

"学会英文后，我不要做官，我要 LOVE。LOVE 比做官还要好。"

然后金泰梨遇到了李秉宪。

"LOVE 是什么？我想得到这个，据说比做官更好。"

接下来就是李秉宪的经典台词。

"比射击更难、比射击更危险、比射击更炙热才行。"

这是一场融合了埋伏笔和揭开伏笔，还有只有金泰梨自己不知道"LOVE"的含义这种"戏剧反讽"的戏。把"LOVE"比喻成射击的隐喻性台词也出现得非常自然。可以说这一场戏里囊括了几乎所有的技巧。啊，写得实在太好了，真是让人不自觉地发出感叹。

我前面已经讲过，既然埋下了伏笔，接下来要怎么做呢？对了，就是要利用这个伏笔，要利用到不能再利用为止。这场戏在后面还会用到，就是在后面李秉宪那句经典的"来吧，LOVE"戏里，还会再次使用这个伏笔。还记得我前面说过的"三次法则"吧？用三次是没问题的。当然，每次都要有一些情况或者感情上的变化，不是吗？

要么有冲突，要么搞笑，
要么有巨大的看点！

用娴熟的台词进行说明的技巧

接下来我们说一下娴熟的说明技巧。在写剧本的过程中，对于那些菜鸟编剧来说，最困难的是怎样进行"说明"。电视剧进展的过程中，不是要提供一些必要的信息、背景或者真相吗？一些新人们经常犯的错误是，他们要么借着角色的口用台词一句一句地讲出来，要么就把那些只有"编剧"知道的事情，一直埋藏在"编剧"的心里。

如果出现这样的情况，观众一定会马上换台。

而且嘴里还说着"这个编剧真是差劲"。

至于怎样进行说明，你可以回想一下学生时期的老师，回想那些你觉得"这个老师教得真是简单易懂"的老师们。这些老师的课都是从搞笑开始的。他们首先会通过好玩的方式拉近和学生们之间的距离，然后一点一点地给学生灌输知识。上这些老师的课太有意思了。原理和这种情况有点类似，就是愉快地玩完之后发现，那些电视剧里想表达的信息已经传入到了你的大脑之中。

只要记住两点就可以。

第一，要么有分歧，要么有幽默！就是说要么有打架，要么搞笑！

在这个世界上人们最喜欢凑的热闹就是，看人打架和看别人家着火。所以我们的原理是，要么在里面加入冲突，要么像学校的老师一样，通过搞笑的方式来拉近和观众的距离后，一点一点地把信息传递过去。

第二，如果前面的方式行不通，那么就结合巨大的看点或者好奇心。

要不我们看一下通过冲突来进行说明的一场戏？这是李庆熙编剧的《小英是我妈妈》里的一场戏。英淑是有智力障碍的女子，她的女儿是小英。光植是爱着英淑的善良的小混混。（请参考附录 234 页）

你读过了吧？是在展示女儿和母亲之间冲突的过程中，自然地说明英淑艰苦经历的一场戏。甚至可以把人看哭……

提供巨大的看点或者利用人们好奇心的戏很简单。

说到巨大的看点。你还记得电影《本能》里，莎朗·斯通姐姐那场经典的盘腿戏吧？只是性感地盘了一下腿，在那之后不管她说出什么样的台词，观众都会马上听进去。

关于好奇心你可以回想一下，斯奈德大哥说过的"泳池里的教皇"。梵蒂冈圣彼得大教堂里竟然有泳池？当你给观众提供了这样的好奇和看点后，不管教皇说出什么台词，观众都会认真地倾听。

还有一点，这可能是"说明"里，最为重要的一点，是绝对不能忘记的一点。那就是不要一开始就把所有的东西都展现在观众面前，要一点一点地慢慢地给观众看。前面不是说要和观众"欲擒故纵"吗？和这个是一样的道理。

有一位风靡一时，但现在却慢慢被人遗忘的一位编剧问过李熙明编剧这样一个问题。"哥，为什么你连续写的3部剧，都可以制作成迷你剧？有什么秘诀吗？"李熙明编剧羞涩地回答。

"让观众产生好奇就行了……"

不要让你的角色只能独自一人茫然地走在黑夜里

让观众产生代入感的蒙太奇技法

下面我们讲一下蒙太奇。你起码不会问我"蒙太奇是什么？"吧？字典上的说法是通过镜头和镜头，或者场景和场景的结合和冲突，来创造各个镜头或场景单独存在时所不具有的特定含义技法。虽然现在很多人单纯地把蒙太奇技法用来表示时间流逝，但其实导演们最在意的就是蒙太奇，因为这里会体现出导演的水平。

一般经常使用蒙太奇手法的部分是"开场戏""娱乐游戏"和"灵魂的黑夜"部分。最重要的是这里要有情感上的冲击。比如说"开场戏"或者"娱乐游戏"部分的蒙太奇要让观众感染到尽兴和愉快的情绪。在"灵魂的黑夜"部分，要让观众一同感受到孤独和遗憾。

作为开场戏部分的蒙太奇技法的例子，我们来看一下《守护 Boss》的第一回第一场戏的蒙太奇。这一场戏是为了更有层次的介绍"88 万韩元一代"待业女青年恩雪（崔江熙）而写的。这部剧用穿插着不同时空的蒙太奇技法来装饰开场戏，自然且有层次感地展现了恩雪的过往经历、性格、目标等。（请参考附录 237 页）

接下来我们来看一下"娱乐游戏"部分的蒙太奇技法。恩雪经过千辛万苦，终于应聘到秘书部门。但是本部长竟然是之前和她闹过不愉快的志宪。这部剧参考了《穿普拉达的女王》，有趣地描写了恩雪和志宪，作为老板和秘书刚开始一起相处的样子。（请参考附录 240 页）

我们再看一下"灵魂的黑夜"部分蒙太奇的例子。这一部分在《要先接吻吗？》里从武寒坦白自己没有多少时日开始。（请参考附录 243 页）

在这场戏的最后部分，用隧道和堵住的墙壁很好地表现了纯真那毫无办法的悲伤和茫然的情绪。如果在这里没有下浓墨重笔，那么只会写成"独自一人茫然地走在黑夜里"这种程度。就是说蒙太奇技法首先要考虑的部分是，观众的代入感和视觉效果！

如果每段都只用台词来说明，观众马上就会换台

冲突的视觉化、行动化方法

接下来我们说一下冲突。主人公和阻止其达成目标的反派或者体系之间的矛盾为外部冲突。然后接下来，必须要设置的是主人公内心的冲突。记得我前面也强调过，如果没有这一项的话，主人公会沦为作者的木偶吧？而且我也说过反派角色也必须有可以为自己的理念进行申辩的舞台吧？还记得我前面说过人物内心的冲突，不要用独白等方式直接地说出来，而是必须要通过外部化，即视觉化或者行动化来表现出来吧？

这一项其实是在写电影剧本时经常被强调的，但因为

电视剧是台词的艺术，所以这一项在电视剧里很容易被忽视。但即使是这样，如果在关键的部分用得好，那么电视剧会变得非常丰富多彩。

《我的大叔》里也有很多经典场面，在这里我们只看两个。

第 14 集，静希找到谦德所在的寺庙。坐在后排以悲凉的心情听着他说法。

"我曾有一天觉得心难受得要死，所以去洞穴里向菩萨祈祷了三天三夜，不知不觉就释怀了。看山羊也觉得好漂亮、小草也很漂亮……"

接下来的戏肯定就是两个人独处的戏了。这时肯定要静希再大吵一次。

"下来吧！下来啊！你可以爱山羊，也能爱上小草，为什么就不能爱我？"（省略）

谦德开始产生动摇。这时候要怎样把他心理的冲突外部化出来呢？他独自走进寺庙，把门锁起来。他把自己监禁了起来。就好像当初因为难受得要死，走进了洞穴。

你们还记得最后一集里是怎么样表现朴东勋思念李至安的，内心中的矛盾吗？在家里像往常一样吃着冷饭……然后痛哭。没有一句台词，但是却感动了所有的观众。内心的外部化就是这样的。就是说你首先想到的应该是人物的行为。

这部剧也有静希喝得烂醉后进行独白的戏。这场戏也非常让人心痛，但是这场戏能让观众接受的最大一部分原因是，在这场戏之前，已经充分地通过外部化的方式，表现出了静希正在承受着多么刺骨的痛苦。她的家明明是店铺的 2 楼，但是每天结束营业后，她都锁好店门，像这里不是自己的家一般先在周围转一圈。转完之后她才一个人独自回到家，凄凉地开启店门然后自言自语。因为有内心的外部化和自言自语的伏笔，所以把这些揭开时才会有巨大的情感上的起伏。

再看最后一个。如果把主人公和体系之间的冲突设置为基本背景，那么电视剧就会变得更加丰富。在这样的名义下让我们召唤一下深山老哥。在这里可以体现出，他把冲突定义为"什么和什么进行碰撞的故事"的敏锐的洞察力！

深山老哥看待电影《朋友》当中的冲突时，他不觉得这是东洙和俊硕之间的碰撞，他们的对立面是无比卑劣的韩国社会。虽然他们之间会发生矛盾，但是最终能让关系好到可以替对方去死的朋友，不得不为了杀死对方，而把刀刃对准彼此的是，韩国社会这个巨大的社会体系。

同样深山老哥看待电影《共同警备区》的冲突结构时，他不觉得这是单纯的南北驻守士兵之间的冲突。他说其实正好相反，这 4 个驻守士兵反而倒没想那么多，这部电影其实反映出的是，站在对立面的，从韩国分离出来的固执且非理性到可笑的两个组织。

怎么样？是不是有感觉了？我把《朋友》《共同警备区》的冲突称为"社会冲突"。除了外部的冲突、内心的冲突以外，如果让这样的"社会冲突"贯穿整个剧情，那么电视剧会变得更加丰满。

《天空之城》不也是这样的吗？虽然剧中人物之间的冲突也非常具有戏剧效果，但是还有一个残酷到极致的进入条件（天空之城为一座韩国顶端 0.1% 上流所居住的城堡）这一大背景。所有人物都在和这个庞然大物般的进入条件发生冲突的故事，这就是《天空之城》。我觉得这一点才是让这部起点略微不足的电视剧最终爆火的秘密。

观众比你想象的
要伶俐得多

设置支线和场景转换方法

接下来要说的是埋伏笔和揭开伏笔。这是把电视剧的"支线"说得更加漂亮更加丰满的方式。所有制作精良的剧本里，肯定都会包含娴熟的埋伏笔和揭开伏笔的手法。记得前面讲到的《阳光先生》里"What is the love?"这场戏吧？

首先，你肯定会好奇要在埋伏笔时埋下怎样的伏笔。台词、物件、画面、音乐、主人公的某种习惯、阴影或者某场戏的全部等等都可以成为伏笔。

埋下伏笔时需要注意的一点是，你要偷偷地自然地埋下去，不能让观众看出来。既然要埋下伏笔，那么最好在第一幕，或者第二幕的前端埋下去。如果太晚埋下去的话，揭开时埋下伏笔的痕迹过于明显，而且会显得不那么自然。还有就是既然埋下了伏笔，你要尽可能的多利用几次。根据"三次法则"，用到 3 次是可以的。

就是说埋下伏笔后在揭开伏笔前，根据实际情况，利用到 3 次是允许的。如果你在多处埋下了同一个伏笔，而且埋得足够好的话，那么在揭开伏笔时，就会给观众带来意料之外的冲击力和感动。

下面我们来讲一下场景转换。在写作时，你可以把手放在胸口，认真地想一下，是不是真的需要这场戏，如果没有必要的话就果断舍弃掉，就是说可以直接跳过。和前面说过的，不要把每一句都展示到观众面前是一样的道理！观众比你想象的要伶俐得多。所以在你抓到主导权，并进行欲擒故纵之前，要尽量加快进度。

让我们来看一下关于场景转换的最基础的例子。这是《守护 Boss》第一集里的场景。

S#65. 机场前志宪的车
志宪在没有确认前座的情况下直接坐到后座。感觉怪怪的……

坐在旁边的宋女士。正戴着墨镜看着他。

志宪　哦！（因受到惊吓没有立刻认出来）什么啊，真是的？！

宋女士　（摘下墨镜）

志宪　（想要逃跑）

宋女士　（轻松地抓住后颈）

志宪　（呜，感到窒息）奶奶干什么啊，真是的！

宋女士　（抓住车门）关门。（跟朴司机说）去公司吧。

志宪　怎么去公司啊？太丢人了（试图再次逃跑，结果再次感到窒息）

S#66. 集团门口

志宪的车到达公司门口。志宪虽然嘴上嘟囔着，但还是下了车。宋女士在车里用鹰一般的眼神注视着志宪，而志宪小心地观察着周围。他一边注意观察着车会长在不在，一边小心翼翼地走进去。

　　我的拍摄手法是这样的。在前一个场景里志宪说完最后一句台词以后，马上在他的半身画面切出。在下一场戏的第一个画面，再一次切入他的半身画面。然后把镜头拉远，表示已经到了公司。是不是觉得很有节奏感。

　　对于浪漫喜剧题材电视剧的开端，其生命在于层次感。但是，一般菜鸟编剧们的做法是这样的。他们觉得机场离公司有一段距离……他们会担心这样与事实不符……他们因这种不必要的事情，最终为了使自己安心一点会加一场戏进去。就好比"S#65-1.志宪的车在机场路沿海边奔驰"，等等。

但就这一行，不仅会增加制作费用、浪费时间，还会使电视剧的层次感下降。所以我强烈建议，对于这些没必要的场景，就果断都丢弃掉！这样你的剧本才能有节奏感。

再介绍一种场景切换手法。突然的跳转和省略，会让观众眼前一亮的同时，让他们更加投入到剧情当中。

看过美剧《行尸走肉》第一季吗？可能这和我的形象不符，但我胆子比较小（？），所以不太爱看僵尸题材，但是当我看到第一季第一集后，止不住地赞叹了起来。

开场画面后出现剧名，然后直接开始进入剧情。瑞克刚才还和同事说家庭的矛盾，马上就和犯罪分子进行了枪战。瑞克受伤住院。瑞克依稀看到了同事来慰问，但是睁开眼后只看到花盆里的花、停掉的钟和变成废墟的医院……这个世界已经被僵尸所占领。是不是很厉害？这是在没有花费多少制作费的情况下，带给了观众十倍冲击力的一个开场戏。电影《落水狗》《2001太空漫游》的开场戏也使用了类似的手法，有兴趣可以参考一下。

也有先把下一个场景的台词放出来，把这个场景彻底结束掉的同时，转到下一个场景的场景转换方式。这是上过电视剧编剧教育学院创作班讲台的，我的其中一个学生写的一场戏。

S#1. 永远婚宴场婚宴大厅 /D

婚宴厅内结婚典礼已经开始。必秀（男，60 岁）正在主持结婚典礼。

必秀　从古至今结婚都是人伦大事。是两个男女相互承认对方为自己的伴侣，并组建家庭的盛大且幸福的日子。

在穿着韩服的双方父母和前来庆祝的客人们的前方。

永远　这说白了是演一场戏。一是为了两个人合法睡在一起，二是为了把之前送的礼金都收回来。

画面在必秀和面露幸福的新郎新娘之间交叉。

必秀　不管是现在还是未来两位都要互相包容。
永远　强求对方对自己宽容，对自己忍耐。
必秀　这是幸福的夫妻生活所必须的。
永远　悲剧。

新郎新娘在结婚进行曲的演奏中，幸福地走在红毯上。

而后出现标题《永远婚宴场》。

S#1. 永远律师事务所 /D
在"律师卢永远"这块牌匾后的墙上放满了离婚专业律师登记证和各个委托证书。

永远 但是您既然找到了我，就不会发生这样的悲剧。

接待客人的沙发上对坐着永远（女，34岁）和委托人（女，30多岁）

像这样是不是不仅可以展现出角色的特征，而且后一个场景中的台词和前一个场景的台词互相发生碰撞的过程中，两个场景的衔接是不是变得更加自然了？

场景的转换手法，也经常用于通过人物来表现时间的流逝上。

《沙漏情人》里有经典的一场戏。小时候的惠琳正荡着秋千，泰修陪在身旁。画面继续播放，不知不觉间画面中荡秋千的人，从小时候的惠琳变成了长大后的惠琳（高贤廷饰）。

电影《天堂电影院》也是，艾佛特大叔用整个手掌挡住了小萨瓦特利的脸，等他拿开手掌后就变成了长大后的萨瓦特利。

电影《美丽人生》中圭多向多拉求婚的戏之后，是因找不到家里的钥匙而慌乱的圭多。镜头紧紧跟随多拉，她走进家旁的小花园，镜头切出。紧接着在画面出现前先出现台词。"小子，你在干吗？上学要迟到了。快点出来！"接着跳出一个 7 岁的小男孩，和他一起的是圭多和多拉。这场戏也非常出名。

除此之外还有通过相似的声音或者行为来切换场景的手法。但是这属于话剧的范畴，就不在这里说了。

进行场景转换或者跳转时需要注意的一点是，在状况或者时间方面，就算随便进行跳转都是可以的，但是在感情线上绝对不能跳跃。如果你觉得是重要的感情线，那么要集中展现出来，当观众觉得厌倦时马上跳出来。电视剧的精髓就在于"选择和集中！"

第 3 幕
结尾

一些 "毫无用处" 的提问

大家在我的教训声中，能够坚持到现在真是辛苦了。从现在开始我就不再说"你是学生，而我是老师！"这样的话了。我虽然也想给开始踏进漫漫长路的你一笔助力资金，但是我本身还要给小孩们交培训班的费用，生活也是非常拮据，所以只能在其他的方面帮助你了。好了，现在又到了"一些毫无用处的提问"的时间。我相信大家听到现在，提问的水准应该大有不同了。没事，有什么问题尽管提问。

Q 有人说要先把独幕剧写好，也有人说现在独幕剧正在逐渐地消失，所以要写迷你剧。我到底该听谁的？

首先要把独幕剧写好。写不好独幕剧就想写好迷你剧？我可以保证，如果有 100 个人，肯定 100 个都会失败。你问我为什么？这是因为"量变质变规律"也适用于写作当中。

量变质变规律是唯物辩证法的三大基本规律之一。意为只有量变发展到一定的程度时才能以此为基础产生质变。经常举的例子是当沸水达到 100°C 的瞬间才能成为气体。就是要先拿着独幕剧和观众进行"欲擒故纵的把戏"，等慢慢产生了可以"自由玩弄观众感情"的能力时，才可以去写迷你剧。偶尔也有在写独幕剧时，产生迷你剧题材灵感的瞬间，但这些可以先放下。等你的写作能力在某个瞬间产生质变后，再写迷你剧也不晚。但是作为当事人你一定会很着急……一定会变得很着急……

我对每个编剧都会说这样的话。

"什么时候拍成电视剧其实不重要。当你把你的手放在胸口，真心觉得你的剧本起码前 8 集是真的非常有趣时，进入拍摄才能火。"

在没有太大的信心时，就着急地拿过去拍摄，然后毫无波澜地消失，这种电视剧数不胜数……这样你就会成为被人遗忘的编剧。曹承佑、裴斗娜担任主演的电视剧《秘密森林》，从筹划到播出花费了 10 年的时间。

在征集大赛上获选，其实类似于考取某种"驾驶证"的行为。是通过独幕剧获选还是迷你剧获选，其实都无所谓。但是迷你剧要想在征集大赛上获选是更困难的。这是因为已经成名的编剧和被遗忘的编剧也会提交作品。所以不要着急，最少通过 4 篇以上有完成度的作品，提高自己的实力后，再准备迷你剧。有完成度不是你自己说了算的，而是当你把作品放在大家面前时所获得的评价。知道了吧？

Q 是不是有那种专门用来参加征集大赛的剧本？我想知道这样的剧本要怎么写。

我觉得这种想法，应该是从某种焦急的心态或者嫉妒心中产生的阴谋论。怎么可能有专门用来参加征集大赛的剧本？只有是否有趣，是否能打动他人的差别。不要太在意这些话。当然和世上所有的考试一样，征集大赛也不可能是绝对公平的。

郑贤民编剧就在公开的场合说"征集大赛三分靠实力，七分靠运气"。他的主张很大胆，直接就说 70% 看运气，但是这是有前提的。剧本至少要保证最起码的完成度。

郑贤民编剧在成为编剧之前曾经担任过国会议员的辅佐官，所以很晚才来开始学习电视剧编剧课程。他是修完基础班的课程，在上提高班时作品获选的。他当时提交的作品是《运动圈 VS 运动圈》，是以地方自治团体的体育部结构调整为题材的电影。在决定当选与否的最终审查会上，某个评审员说了这样的话。

"这都什么年代了，还在讲运动圈（从事社会运动的群体）的故事？"

就这样这部作品被推到了淘汰的边缘，就在这时，有一个善意的良心势力拯救了危机中的郑贤民。

"我对此有不同意见。我觉得剧本还是很有意思的，而且也很令人感动。总要有这种反映社会问题的剧本。"

在 SBS 上写过电视剧《操控》的金贤政编剧的当选作品是迷你剧《就业的条件》。这是讲述待就业学生的青春的故事，我看到这个剧本后感动得不行。但这样的作品，我知道那些不喜欢社会性题材的评审员，应该不会给很高的分数。所以你知道我是怎么做的吗？这个作品我果断的给了 100 分。因为我不希望这部作品因其他评委而落选……

你的情绪看起来不太稳定啊。你是不是担心自己的剧本如果碰不到像我一样有眼光的评审员而落选怎么办？不用担心。为了消除你的不安，我给你举两个例子。

知道 tvN（韩国电视台）的《电视剧舞台》吧。他们会在 O'PEN（给有编剧（Pen）梦的人提供开放 (Open) 的创作空间和机会 (Opportunity) 的 20 部当选作品中，肯定会选择其中的 10 部拍成独幕剧电视剧。O'PEN 是 CJ E&M（希杰娱乐传媒公司）这家电视剧制作公司的子公司 STUDIODRAGON（工作室龙公司）和 CJ 文化财团合作，支持从电视剧、电影编剧新人招募，电视剧剧本、电影剧本的企划及开展，影像制作，到剪辑及商业化的全方位一体的，培养创作人以及帮助新人出道的项目，他们每年都会开展独幕剧征集大赛。

这是让人惊讶的美好且人性化的制度。其中有一部叫作《今天也拿铃鼓》的作品，讲的是一位合同工女职员为了成为正式员工而孤军奋斗的故事。但是有一个问题是，每次和同事聚完餐后去 KTV，她都会让整个气氛冷下来。为了解决这个问题，她甚至报了教人用铃鼓的铃鼓培训班。在这样的设定中正式进入到第二幕。

这部作品遇到了好的导演，拍出来后获得了很好的评价。但是你知道当初的剧本是什么样的吗？这是我在 SBS 电视剧编剧招募大赛第二轮审核时，审核过的作品。读完后我感觉写得很好，所以就给了比较高的分数，但是，后来当我看到当选作品名单时发现，这部作品竟然都没有通过第二轮审核就被淘汰了。

再举一个例子。当时我在庆尚北道文化振兴院，担任 2 集电视剧剧本征集活动的评委。当时有一个叫《正鹿派赵芝薰》的剧本。讲的是曾为文学青年的黑社会青年，为了躲避追杀逃到了家乡。但他的故乡竟是青鹿派（韩国文学流派，成员为诗人朴木月、朴斗镇、赵芝薰）赵芝薰先生的故乡。他在那里因机缘巧合教村里的百姓写诗，并把整个村子变为充满诗意的地方的故事。

是不是觉得整体的感觉还不错。我本来把这部作品推荐为最高奖的获奖作品，但最终却没有得到最高奖，只拿了最优秀奖。但是，我一查却发现，这部作品竟然是 SBS 最终评选中落选的作品。

这样还不能给你带来安慰吗？哦……那我给你讲一下这个。有一位李万教大哥，他是《周末同床》的编剧。他出了两本关于写作的书，其中有一段让人印象非常深刻。

"还有我想修改'梦想会实现的'这句话。我想改成'梦想已经实现'，只要我们现在正在全力以赴！只是他人认可我们还需要时间罢了。但不管张三李四是怎么看我们的，对我们这些艺术家们来说，他们怎么判断重要吗？！"

——摘自李万教的《改变我的写作工作室》

只要你全身心地投入进去，某一个瞬间你的写作能力会发生质的飞跃，然后，突然有一天，你的电话铃声就会响起来。顶多会因为社会上验证的步骤或者某个机构的内部情况，你登台的时间可能会稍微延期一点。所以不要从现在开始就感到不安，不要杞人忧天，你只要全身心地投入到"此时此地"的写作里面就可以了。

嗯？理解了吗？文学上的说法是"囊中之锥"。就是说只要你的剧本够好，不管通过什么渠道，你肯定能成为电视剧编剧。所以不要着急，你只要认真地把剧本写下去就好了。不要感到恐惧！赖纳·维尔纳·法斯宾德导演的电影里不是也有这样的电影吗。《恐惧吞噬灵魂》！

有的老师会讲这样的话：KBS 肯定会选择表现家族情感的作品；O'PEN 喜欢题材片。虽然从结果来看是这样的，但其实他们不是喜欢题材片，而是因为提交的作品中此类题材片比较多，所以从概率来说被选中得也多。至于你说的肯定会选择家族情感的作品，我觉得不管是在哪部作品当中，家族情感都是自然而然体现的情绪，不是吗？

Q 有一些编剧不是通过作品征集大赛，而是通过其他渠道出道的。都有哪些例子呢？我想看有没有捷径可以走。

第一种，写电影剧本（scenario）出道后，转为电视剧编剧的情况。写了《男朋友》的刘英雅编剧就是借着《7号房的礼物》的势头转过来的。《王国》《信号》的编剧金恩熙也是从《那年夏天》的电影剧本开始写作的。写了《青春时代》《恋爱时代》的朴妍善编剧也是先以电影《我的野蛮女老师》获得名气的。

第二种，通过长时间在大编剧的书房或者工作室担任辅助编剧或者节目编剧来提高实力的情况。比如宋智娜编剧书房里待过的编剧们、崔万奎编剧助理们、金英贤·朴尚渊编剧助理们、金恩淑编剧的助理们、姜银庆编剧的助理们。

第三种，写小说或者网络电视剧出名，被制作公司看中的情况。或者在新春文艺（每年1月，各大报纸为了发掘新人作家而进行的活动）上亮相后通过编剧培养课程出道的情况。

第四种，就像前面说到的，在作品征集大赛上落选的作品，被有眼光的导演或者制作公司的制片人看中的情况。

Q 在想写的文章和必须要写的文章之间，我应该把重点放在哪一边？

虽然问题看起来很难，但其实答案是固定的。你要在写作的过程中，必须要了解出自己最擅长的"表现基调和手法"是什么。因为这个答案肯定只有你自己最清楚。如果是编剧自己都提不起兴趣的"必须要写的文章"，那么不管写多少都会完全失败。

偶尔会出现制作公司发比较急的委托过来的情况，或者接到润色或代写的工作。这时候不能想着能给我这个活儿就不错了就欣然接受。你要进行慎重的考虑，只要不是和你的生计息息相关的，最好郑重地拒绝掉。在写作的过程中编剧自己都提不起兴趣的东西还能打动观众？根本不可能！

Q 发掘编剧新人时，您觉得哪一点最重要？

一般是看剧本整体的完成度和熟练程度……你是想得到更详细的回答是吧？如果非要找某一点的话，应该是台词功底和片段（episode）的创作能力。还有就是场景的氛围把控能力！像故事情节这种，如果碰到好的导演或者制片人是可以学到的，但台词就完全是编剧自己的领域。

所以在现场比起结构更看重台词，因为台词不是可以通过学习学到的。如果是结构有问题，别人还可以给你提供意见，但如果是台词有问题的话，就只能得到"台词实在太差了"这样的反馈。顶多会把其他的作品拿来给你作对比。还有就是你不要忘了，不管是在哪个领域，对新人期待的方向都是，要么在某些方面让人眼前一亮，要么具有某种潜力，以及初生牛犊不怕虎的开拓精神。

Q 最近浪漫喜剧或者爱情剧好像没有太大的市场，这是为什么？

这其实跟趋势没什么关系。只是因为最近这方面没有好的剧本。在电视剧领域，浪漫喜剧和爱情是永远不会过时的题材。网民们不是说吗，韩国的电视剧里，不管是在医院、还是在法庭，不管是在什么地方都可以谈恋爱……反过来就是说，在拍爱情片方面，韩国拍得很好。但是有的电视剧因为主线故事一点都不精彩，又没有其他东西可以写，想来想去只能写点爱情在里面，所以才会被网友们集中地攻击。

如果主线剧情足够精彩，支线里再融入爱情的元素，那这就是锦上添花的！但是如果你对感情戏没有足够的信心，果断放弃也是一种方法。因为爱情戏确实不太好写。

Q 随着像网飞（Netflix）、油管（YouTube）等多种

平台的出现，我们要注意哪些问题，应如何应对呢？目前在拍摄现场，进行的应对有哪些？

OTT 市场（视频流动播放市场）每年都在发生巨大的变化，那些制作公司和电视剧公司为了应对这些变化而时常焦头烂额。但是，这些你都不用在意。这些他们自己会解决。为什么？是因为虽然外部的环境一直在变，但是制作电视剧的本质是不会变的。

让人心动的是电视剧里的情绪。当然，根据播放的平台，电视剧的形式会有一些变化。但是，这些适应起来也很快。因为技术根本不是问题。问题依然是剧本！

Q 我按照您的方式执行后，好像有了质的变化，所以想写迷你剧。我要怎么开始呢？迷你剧的企划案和独幕剧的不同之处在哪里？

"哦，看来你很有自信啊。这很好！我现在就告诉你企划高品质迷你剧的方法！"

我也想这样和你说，但是我现在也为此而苦恼。好像有专门讲迷你剧的老师，另外，电视剧教育学院创作班的课程，好像现在也紧跟时代的潮流，越来越重视迷你剧了。

以前是把重点放在了独幕剧上。我觉得这是很好的现象。甚至我自己都想过去听。

哦……我接下来讲的不一定对，我只是把我直接的想法讲出来。我觉得独幕剧和迷你剧的差异在于，怎么样把要做的事情展开。如果你想写迷你剧，那么在最开始接触这个故事时，要以宏观的角度看待这个故事。不能以接触独幕剧项目的方式去接触。还记得我前面说过的 XY 游戏吧？当 X 遇见 Y 时或者 X 的 Y 版本。

我最近在策划的迷你剧也无法从这里挣脱出来。我现在在策划和《要先接吻吗？》类似，但是方向不一样的爱情剧。是从"电影《建筑学概论》的 40 多岁版本！"或者"《建筑学概论》遇上电视剧《妻子的资格》时！"开始的。

在讲故事的领域，没有从完全的无创造出有的情况。业内的专家们经常说这样的话：

"90% 的熟悉和 10% 的新鲜"。

这虽然看起来没什么，却可以发挥巨大的威力。10%的新鲜可以让电视剧变得完全不一样。如果你想寻找完全新的东西，寻找的过程就足以让你累死。如果没有突然冲入脑海中的灵感，那么你最好先在大的框架下通过 XY 游戏开始比较好。这些新鲜的东西进入到各个部分后，不管是角色或者背景、故事情节都会变得不一样。所以观众会看成是新的电视剧。

《追赶江南妈妈》这部电视剧遇到"家里的怪物"，就会成为《天空之城》；《来自星星的你》，拍成女性版本就会成为《蓝色大海的传说》；《守护 Boss》遇到悬疑爱情就会成为《金秘书为何那样》；《白色巨塔》的女性版本是《迷雾》；《耀眼》使用了《美丽心灵》或者《禁闭岛》这种虚实交集的故事情节。

所以如果你想写迷你剧，那么你最好把现有电视剧的完整版看一遍，并在此过程中研究一下故事情节。那样你就知道大概要怎么写了。对于故事情节也要做大的划分。如果对 16 集的迷你剧按照三幕理论进行划分，那么大概 1、2 集属于第一幕，第 8 集的结束大概是中点。之后的反派逼近、绝望的瞬间、灵魂的黑夜大概是 14 集、15 集。16集是第三幕最终决战。可以像这样进行大的划分。这样你起码能想到到中点为止应该怎么写。

具体后面会变成什么样子，其实绝大多数编剧们自己都不知道。这是因为在写剧本的过程中，里面的角色和故事会自动地发生进化。也有可能角色会主动和编剧搭话。这样你也许可能会想到更好的叙事方式。所以一般迷你剧的大纲最好是详细地写到中点，接下来的剧情以"大概会是这样一个故事"的方式概括。总的篇幅最好不要超过 40

页 A4 纸，不然读的人也会比较辛苦。你要在这个篇幅内展示电视剧的趣味性和完整度。当然作者的心中必须要有终场画面，这将会为你的创作，起到"指南针"的作用。

就像《阳光先生》最后一幕的历史书里士兵们的图片带给人的冲击一样。就像这样先粗略地进行划分后再详细地进行策划。详细地进入到每一集或者是每15分钟埋下一个可以起到激发事件作用的情节点，这样观众才不会换台。实在没有办法时，你就让观众看到向脸上扔泡菜或者扔紫菜卷的戏（我很好奇以后还会创新性地往脸上扔什么东西）。

角色也是一样的。不要太执着于写那种全新的新鲜角色，在现有角色的基础上进行少许改动就好。《守护Boss》里的恩雪这个角色，只是在《跑吧，哈尼》（韩国动画片）的角色里添加了打架厉害、上学时是大姐大这种设定。观众都很喜欢这个新鲜的角色。这只是我个人的想法吗？这都不重要！10%的新鲜！如果添加得恰到好处，那么整个电视剧的理念和角色都会让人觉得是全新的。我想说的就是这一点。

还有就是写迷你剧的话，必须要加入配角们的支线。就是说你必须要给观众提供一个他们可以喘口气的地方。虽然在独幕剧里每一场戏基本都需要主角的参与。但是，像迷你剧这种"长呼吸"中必须要有可以休息的镜头。就算是配角也不能忽视。

呼……迷你剧就讲到这里！剩下来的就留给你们自己慢慢去了解了。如果这本书受到很多人的喜爱，我也许会考虑单独以迷你剧再写一本书……我是不是太自作多情了？

电视剧编剧
要有爱心

我在电视剧编剧教育学院讲课时，第一堂课我肯定会讲两件事情。

"你有没有认真地思考过，自己为什么要当电视剧的编剧？"

我提出这样的问题后大家都会以"这不是废话吗？"的眼神看着我，但真正要让一位同学起来回答时，对方却结结巴巴地回答不出来。沉默一阵后，会有"我想用电视剧来抚慰那些受伤的灵魂""我有成为编剧的 DNA""我觉得最近电视剧的具有最大的影响力"等答案出现。

我们在这里召唤一下著名作家乔治·奥威尔老哥。这位老哥早就考虑过这个问题，并整理了出来。

"我为什么写作？

"第一是纯粹的个人主义。既可以赚钱也可以出名。

第二是美学热忱。这是艺术方面的本能。第三是想留下记录的欲望。就是想把自己的想法和思想以某种形式记录下来的本能。第四是历史责任感和社会责任感。就是觉得就算微不足道，也要为这个社会的进步贡献哪怕是一点点的力量这种，作为一名作家的最起码的良心。"

——摘自乔治·奥威尔《我为什么要写作》

你知道在这些当中，我会要求我的学生做到的是哪些吗？其他的也都不错。但，最重要的是！纯粹的个人主义，大家要承认这一点。大家要在自己的欲望面前诚实起来，并要了解自己具体的欲望是什么。所有文学的基础是"诚实"。电视剧也不例外。我的意思是，看透一个人的练习，要从看透自己开始。这样才能让你坚持更长时间！

"用电视剧来抚慰那些受伤的灵魂"是做完这些之后再来考虑的事情。首先，要保证你自己能坚持下来……这样你才有余力去抚慰受伤的心灵，去考虑社会发展的事情。

再说句题外话。这世界上有很多种职业，但是我觉得其中有些职业，不是什么人都可以做的。

第一种，是学校的老师。所有的学校里都有一个外号为"疯狗"的老师。想到他们对学生们造成的恶劣的影响，我想你会不自觉地点头。

第二种，是神职人员。如果这世上只有金寿焕枢机主教大人、文益焕牧师大人、法顶禅师这样的人该有多好。

第三种，是演员。因为只有从父母身上继承了优良的基因才能去当演员。

最后一种，是电视剧编剧。前面我也讲过了吧？从住在青瓦台的大人物到首尔站的流浪汉们都会去看电视剧。所以你不光要带给他们愉快的时光，作为电视剧的编剧，你起码要告诉他们，至少在这个世界的某一个角落，还有善良的人们在点亮着这个世界，这个世界还是有希望，不是吗？

某一次我在机缘巧合下参加了长辈们的聚会，听到某位长者说。

"最近电视剧太不像话了，好像完全被左派掌控了。这世界是怎么了？"

听到这句话我吓了一跳。竟然说我是左派？像我这样浪漫的艺术家，不对是机会主义者，竟然被说成是左派。参加聚会的长辈们虽然年纪都比较大了，但是他们还是属于比较开明的一批人。当时我绝望地想到，就算是以这些人的睿智，也没办法从颜色论里挣脱出来。

"这位老师！对于喜欢大众文化的人来说，他虽然有义务反映现实，但同时也有义务对抗现实。如果您把这种人称之为左派，那么坐在这里的我也是左派。我感到非常荣幸。"

是不是有点帅？……本来可以更加帅气地说出这段台词的……有点遗憾……

我不知道前面我有没有说过？

"要感动坐在你面前的人，这样才能感动全世界。"你永远不会知道一部有趣且感人的电视剧，会让某个陌生人的生活变得多么丰富起来，你也永远不会知道，一部电视剧会让世界某一个角落里马上要被生活所击垮的某个人，重新燃起对生活的希望……

要不我们一起看一下，我在导演《要先接吻吗？》时收到的某位观众的邮件？

周六凌晨 5 点 15 分，我在釜山站乘火车。
在光明站换乘然后去新林。
在新林听 14 个小时的课程后，到桑拿房睡一觉。
周日听完早上和下午的课后，会乘坐晚上的火车。
回到釜山，我每周都要过这样的日子。
往返于首尔的过程中，
最幸福的时刻是在回来的火车上！
因为这时候我可以安心地在火车上看电视剧！！

我把这位朋友的痛苦和大家分享后，收到了"我都参加三次高考了，加油！""就你这横跨整个韩国的热情，已经胜利了！""我就业的时候比你现在还大，真是羡慕你。""到了首尔记得联系我。不要去桑拿房了，我们一起有面儿地在酒店吃一顿午饭！"这种反响和鼓励的留言。这也是一幕发生在舞台之外的感人场景。

有一次我遇到重案组的刑警，问了这样的问题："可以一直坚持做，这样危险且艰苦的工作的动力是什么？"

"是快感。"

就是当自己给坏人戴上手铐时，不自觉地全身战栗的快感。对于我们这些做电视剧的匠人来说，当给人们带去某种好的影响时，会体会到这种快感。所以我们要在大众面前谦逊起来，而且要一直带着敬畏之心和责任感。

哦？从刚才开始你的眼睛好像开始湿润了。这是对的。做电视剧的人必须要有爱心。脾气可以不好，但是对待生命的态度就应该是充满怜悯和感同身受的。不管怎么样，我都希望就算你以后成为亿万年薪的编剧，也不要忘了这个瞬间。就当是我最后的唠叨！

现在我们也应该说再见了。这段文字也在走向结尾。你是希望我把结尾写成美好的？还是悲伤的？观众其实都喜欢美好的结局。我也是这样。

也希望你作为编剧的旅程，也能迎来美好的结局。如果是这样，一直关注着你成长的我也会变得无比的幸福。但是要走到那一步，你要经历千辛万苦。

学习的过程自不必说，就算你通过了各种障碍，经过了千辛万苦终于出道成为一名编剧，也还要一直为了不被遗忘而努力……

如果你有幸遇到好的导演和制作人，他们会成为你优秀的助力。但是这个世界上，不管在哪个领域，身边的人不一定都是对你好的人。也有可能在某一个瞬间，你身边的朋友和恋人们，一个个地离你而去。就算通过艰辛的过程，你的电视剧终于开播了，也有可能碰上收视率这堵高墙……到了这个时候，你可能就会想，就算出卖自己的灵魂，就算和恶魔进行交易，也要把收视率搞上去。还有当新的一集就快要播出，但剧本实在写不出来时，你甚至可能会产生想从工作室跳下去的冲动。

当你遇到这种情况时，你就回想着："啊，记得以前某位自以为是，却并不讨人厌的老师跟我说过这样的话……"这样，不管你将来遇到怎样绝望的时刻，都不会产生动摇。在这里祝你有好的前程，愿你每天都过得如意。

附录

你问我坚持到底
是否真的可以成为作家？

在职的 3 位编剧明确地告诉你什么是电视剧编剧

《神的检测》《热血祭司》
1. 朴宰范编剧专访

**"只有真正的好人才能成为好的编剧。
我觉得这是真理。"**

您是怎样出道为电视剧编剧的？

我本来是做独立电影的。我毕业于东国大学，在校期间一直在做电影。那时跟写剧本没什么关系。在我边制作电影边准备出道的过程中，突然有一天觉得有必要自己写电影剧本了，所以就报了忠武路的电影剧本培训班。当然，去了 6 个月就没再去了……

在那里我发现培训班的同学们也会向电视剧作品征集大赛上投自己写的作品。所以我也试着投了一次。其实当时我的作品没有获选，他们当时选了 5 部作品，而我是第

6 名。就是说我的作品在落选的作品当中是排第一的。当时和我一起学习的，有写了《百年遗产》的具贤淑编剧。托她的关系，我和获奖的朋友们一起成为了实习编剧。

在 KBS 征集大赛上获奖的编剧们不会马上出道，他们要先成为周末电视剧或者每日电视剧的辅助编剧。我被分配到了李应辰导演的周末电视剧组，由此开始了这项工作。

那后来让您成为电视剧编剧的契机是什么？

就这样我做了一年的周末电视剧辅助编剧。这样做了一年后，我就不想再写电视剧了。所以我就回去拍电影了。从 2004 年到 2009 年，我的作品目录里连一部作品都没有。但，其实那段时间是我从出生到现在最努力的时期。那时候我每天要么在写电影剧本，要么在准备出道作品。

但是在忠武路上大概失败了 3 次后发现，已然过了 6 年的时光。失败的理由也千奇百怪，有一次甚至演员都选好了，然后投资方又出了问题。这样我就后悔出来拍电影了，加深了回去重新写电视剧的想法。那段时光我很开心，与其说有什么契机，我觉得这应该是是命运的安排。

您不是说您原来想当电影导演吗？您是从什么时候有

这个想法的？

我从初中的时候开始，就一直梦想着做电影。当时我看了很多盗版录像带，有时候也会自己用录像带录过来看。当时看到了《回到未来》，我想着"世界上竟然还有这样的电影"。这部电影我大概看了 30 遍左右。当然看的是录在我自己的录像带里的。世界上竟然还有这么有意思的电影？所以我就梦想着有一天可以拍出像《回到未来》这么有趣的电影。

最近在拍电视剧时，大家都会先坐下来讨论一下。在讨论的过程中，我会不自觉地产生 "要不就索性拍得有趣点儿"的想法。这其实和我 14 岁时梦想中的想法不谋而合。

您现在还有当电影导演的梦想吗？

我现在还在写电影剧本，偶尔也会帮别人给电影剧本润色。对于电视剧编剧来说，一部作品结束了，就会有一段空闲期。虽然也要准备下一部作品，但是我在这个时候会写电影剧本。现在就属于刚写完《热血祭司》的空闲期，所以最近也在写电影剧本。这算是利用空闲期的"一年两次耕种"吧？我打算说服我的妻子，让我再写完 3 部作品后，给我两年拍电影的时间。

为了成为电影导演，当时您去上过电影学院或者影像学院吗？

我比较独特的经历是，我毕业后做过两年左右的漫画故事编剧。毕业后，我和认识的一位研究生姐姐透露过，我想学写电影剧本或者电影剪辑。当时那个姐姐跟我说，你不要去上什么学院了，她跟我说你可以边做边学，然后给我介绍了漫画故事编剧的工作。

漫画故事的编剧不像电影编剧，只要把故事写出来就好了。不仅需要写字还要把具体的场景画出来。把每个格子分好，画面尺寸等定好后，发给画图部门。他们画好后会给你送过来。

我当时被介绍去的漫画工作室是给图书装订厂制作漫画的。当时是 3 层房屋，屋里还在烧煤炭。当时在那里还要亲自换煤炭。当时真的写了很多字，不是什么高品质的故事，主要写的还是打架的漫画。编写古惑仔的故事，并给他们配台词，您应该知道吧？就是出租漫画的店铺里那种 50 集一套的漫画。这样的作品我写了两套。

如果老师给我提"这次往民儿被杀死的方向去写"这样的大方向，我会根据他的指示机械地写台词。装订厂的漫画都是非常机械式的。所以那个时候好像打了非常多的字。按照老师提的方案进行润色，写台词。这样做了 2 年后，在打字方面也算是悟出来点什么。

所以现在您的这些生动的台词，都是从这些经验中得来的吗？

装订厂的漫画要写得非常真实。当时老师教会了我一些。有一天老师在第 4 集时告诉我，让我把主人公从悬崖上摔死。我当时想："这故事要延续到 50 集，而我的主人公在第 4 集就死掉了，那我怎么继续往下写？"，所以我就跟老师说："这有点不像话吧。"老师告诉我："编剧就是先写出来，然后再想办法圆回来的一群人。"

所以我把主人公从悬崖上摔死后，我拼命地考虑有什么办法让从悬崖上摔死的主人公再活过来。因为我还要延续我的故事。

我在 27 岁到 33 岁的时期，是一个既要制作独立电影，又要做漫画故事编剧的比较混乱的时期。所以与其说是我下了"我要写作，我要写电视剧剧本"的决定，不如说是这些经历汇集后让我自然而然地走到了这里。但是我很享受这个过程。

在当电视剧编剧的过程中，您有效仿的对象吗？

我喜欢电视剧编剧这一领域是因为，在这个领域没有天才。最多是英才的水准，没有真正的天才，也没有学历上的差异。但是唯一让我觉得是天才的有两个人：金秀贤老师和崔完圭前辈。

看到崔完圭前辈可以很好地制订故事的框架，我就觉得他是个天才。他的作品就是会非常有趣。金秀贤老师的话，只能说她是最厉害的。其实我无意中受了金秀贤老师很大的影响，尤其是在写台词方面。

通常就算是电视剧的编剧，也很难完全把角色的想法和心理完全看懂，并用台词把这些表现出来。如果说一般的编剧可以做到用台词表现出 70%，那么金秀贤老师通过台词表现出内心想法的比例是 95% 以上。我甚至觉得如果没有天才式的联想效应，那些角色内心的想法很难通过这些话来表现出来。

有些人评价金秀贤老师的电视剧台词太多，或者过于啰嗦，但是这就好比跟斯皮尔伯格导演说"你要拍摄生活中我们可以看到的东西"。我觉得这些人不是我们这些凡人可以批评的。像斯皮尔伯格这种人，也没什么好批评的不是吗。

在写电视剧的过程中您觉得哪些部分比较重要？您曾经有想过要放弃吗？

我的目标是，写有视觉障碍的人都喜欢的电视剧，就是有视觉障碍的人光靠听都觉得有意思的那种电视剧。不是用广播电视剧，而是用普通的电视剧。与这个目标最匹配的作品其实就是金秀贤老师的作品。其实到现在我在创作时都会尤其在意这一点，就是要让那些有视觉障碍的人也能知晓全部的内容，也能了解出场人物们的情绪，也能把自己的情绪代入进去。

其实我对写作有点上瘾。我会带着"我写的这部电视剧应该会让某些人喜欢吧？"这种强烈的想法。我觉得正因为这样，人们在看我写的电视剧时才会更加兴奋。幸运的是，也正因为这样，我倒是从来没有想过要放弃。

您有埋在心里的电影或者古典作品吗？

我倒是没有强烈推荐大家去看的作品。毕竟大家都是商业编剧，我会建议把那些能看的都看一遍。因为人的想象力就是这样，不会因为你什么都不做就会莫名出现，而是那些你看到过经历过的不连续地结合起来，才会成为你的想象力。

不管是什么类型的作品，只要你看了，其中的画面或者内容的残留物，都会堆积到你的潜意识里，所以我想说的意思不是要你有一定要看哪些作品的意识，而是要丰富你的潜意识。因为只要是你看到过的，不管是以哪种形式都会储存到你的大脑之中，所以只要有时间，一定要把那些能看到的都看一遍。

我有这样的感受，是因为我在创作时，遇到过不知道怎么往下写的窘境。因为我是比较一根筋的人，所以之前只看自己喜欢的，然后把这些用于剧本的创作当中。但是前段时间做完手术后，我被安排到了单人病房，在住院的一周时间，我实在没有事情可做。于是我就在那一周的时间内，看完了我国所有的综艺节目以及生活类节目。由此而诞生的电视剧就是《金科长》。

在观看娱乐节目和生活类节目的过程中，可能是对我们这个社会，或者对整个社会趋势的想法有了一定的转变，也可能是对人们的欲望有了重新的认识。等有了这样的认知后，我就想之前对事物的看法是否太过于固执了。

于是那次住院经历就成为了我人生的转折点。从某个时刻开始，写剧本时 24 小时都开着电视机就成为了我的一种习惯。就算不看，也会开着电视机。我觉得当今的媒体都有各自吸引观众的手段。所以我觉得，这些综艺或者生活类节目拿来吸引观众的手段，同样也可以放到电视剧中。

相反我觉得有一件事情，是不希望那些梦想成为编剧的学生们去做的，那就是死记硬背。最近有以叙事为中心、以角色为中心等多种电视剧类型。你不可能只把其中的一个类型看 10 遍背会了，就会创作了。仅凭你掌握的一两种写作风格，是做不了电视剧编剧的。

您有您自己的获取灵感的方式吗？

如果我在写作的过程中写不下去了，我就会去想一些不一样的东西，就是抛开当前的作品，去想完全不同的电视剧类型。比如我在写喜剧时，会去想恐怖场景，看能不能从当前的困境中摆脱出来。我之前尝试过遇到写不下去的情况时先暂时停下来休息一下，但后来发现就算自己休息时，也会不自觉地想到正在写的剧本，于是我就知道了这个方法行不通。

我也会看看以前的作品，让自己的大脑有时间整理一下，有时也会从中得到解决当前问题的灵感，虽然是完全不同的作品。但是你知道最讽刺的部分是什么吗？就是我用不同类型的场景想到的备选方案，没有一次用到正式的作品当中。所以对我来说，这只是放松大脑的一种方式。

您觉得从想成为编剧的学生到出道成为正式的编剧，大概需要多长时间？

我一般会跟他们说，5 年之内要想成为编剧肯定是异想天开的。我觉得最起码需要认真地练习 5 年。5 年的时间只能让他们摆脱"菜鸟"的阶段。不管你的作品能不能被选中，但是想要靠写作来挣每个月几十万韩元（100 万韩元相当于 6000 人民币左右）的基本生活费，起码需要认真地练习 5 年左右。

5 年的时间，可以让那些写得比较好的同学要么会在征集大赛上获奖，要么签到合同。但是现在大家都太着急了。只学了两年，就以为自己什么都学会了。其实两年的时间，他们学到的东西，只能帮助他们填满草稿纸……

我觉得很多人不是想写出好的作品，而是想尽快成为编剧。他们只是想尽快的拿到印着编剧身份的名片。我这样说可能很多人都会觉得我太偏激了。但是我说的都是事实，要想成为真正的编剧起码要经过 5 年的残酷练习，而且中间还不能停。

您有过让您心痛的作品吗？

失败的电视剧是最让人心痛的。对于我来说这部作品就是《血液》。我在写这个剧本时比其他的剧本更要用心。《血液》既是医疗题材的电视剧，也是魔幻类型的电视剧。但是，在写作的过程中第一次领悟到的是，如果从一开始，你和制作团队存在想法和意见上的分歧，那么一定要先把问题解决好后再继续往下写，不然不会有好的结果。

当时我一天要抽 5 包烟。一般我每天只抽 3 包，那时我看到收视率下降得实在厉害，在这种巨大的压力下才开始抽到了 5 包。但是后来有一天我起床后发现，吸气都变得非常的困难。我吓了一跳，于是我就把烟给戒了。

但是在经历了失败后我也学到了一些东西。那就是和制片公司以及导演达成统一意见，比写作更重要。

您写台词一般是什么样的风格？

一般在教学生们写剧本时，台词都会放到最后。这是因为，要学会台词需要很长的时间。每个人说话的方式和说话的语气都是天生的。这不是光靠多听多看就能学会的，而是跟熟练度成正比。所以只能通过多写来学习。

除非你在写台词方面是天才，不然你只能通过不断的练习来掌握，你如果是个天才那就只要去写就好了。我觉得在这方面是没有捷径的，只能通过不断的练习。

练习的方法有很多种，其中我要教的最有效的方法是模仿你身边最了解的人，把他（她）的语气100%地放进去。不要使用你没见过的语气。这是最好的方法。你要掌握你最了解的那个人的每一个音律，并把它写成台词。

到目前为止，我写的电视剧里的主人公都是用我自己的语气，甚至连骂人的语气都是。偶尔我会和学生们说这样的话。

"你可以试着在安静一点的酒局上录一下朋友们的对话。那些就是最生动的台词。每个人都会有自己说话的语气，不管是发牢骚的语气还是生气时的语气。然后你可以客观地听一下自己说话的语气。因为你自己的语气是最容易写出来的。"我会这样跟学生说，并在大部分情况下推荐这个方法。

刚开始学电视剧写作的学生们，有时会想着通过读来掌握台词。所以他们会想去解读、理解其他作品里的台词。但其实台词应该是通过听来学习的。那样才能写出生动的，活生生的台词。所以每次写完台词我都会读一遍。以此确认当我说出来时，会不会显得生硬。大声读出剧本里所有角色的台词后，删掉那些我觉得生硬的台词或者助词。

我会不断地去修改，直到变成人话，变得自然为止。我会一直念，念到自己都感到难为情为止。每次都会这样做。在这样的过程中，写作水平倒没有提高多少，但是演技却突飞猛进了。哈哈哈。

您想对学编剧的学生们说点什么吗？

那些热爱生活，并享受自己生活方式的人更容易产生灵感。我好像也属于这种类型。往往那些经常会说"这个我喜欢！"的同学，确实会有更多的灵感，写出来的题材也比较新颖。相反不是也有那些只关注写作的同学吗。就是那种说着"那个太累了，不知道为什么非要去旅行"，并一直坐在家里写作的同学，会比较不容易产生灵感。

我个人喜欢在自己的身边寻找有意思的题材。比如《金科长》是我去军山旅行时找到的题材。军山有一家著名的名为韩日家的萝卜汤店。在那里喝完萝卜汤后，我来到店外喝咖啡，发现从远处有一位骑着小型摩托，上身穿着类似于工服的夹克，嘴里叼着长长的烟的一个人正在靠近。他在韩日家门前把小型摩托停好后，就开始和周围的人聊起天来了，听着听着就觉得，那个人管的闲事也太多了吧，越看越觉得此人有成为骗子的潜质。

别人都叫他"喂，金科长"。我越看越觉得有趣。"得，下部电视剧就是《金科长》了！"这部电视剧就是这样来的。但是很多人都会让这种小的片段从身边白白地溜走。如果你是电视剧的编剧，你就要抓住这些可以孕育出作品的契机。

您觉得容易让人产生共鸣的，讲故事方式的核心是什么？

我觉得核心应该是，要紧跟当代人的欲望。因为故事一定是从欲望开始的，所以作为一名编剧必须要知道"当前人们最希望获得什么？"说白了就是要读出人心的走向。

我觉得把"当今的人们希望马上看到的是什么？"这种欲望具体地表现出来，是讲故事的根基。也就是说，按照各自的理解解读出，这个时代所希望的欲望当中的核心内容，并把人们心中的这份欲望填满。

比如我觉得坏政治家下台、好政治家上位不是人们内心真正的欲望，人们希望看到的是有权势的坏政治家，当众出丑并被揍的故事。我觉得这才是人们心中真正的欲望。

在坚守道德底线的前提下，把这种欲望发泄出来，是我讲故事的起点。

创作《热血司祭》的时候也是一样的。"最近人们的欲望是什么呢？"答案很明显，就是教训，也就是惩治那些坏人。但是近年来的电视剧里有很多检察官或者律师出来用法律的武器惩治坏人的场景出现，所以人们都不会对惩治坏人有太大的心理负担。但是当时我就想什么人在惩治坏人时会有心理负担呢，马上就想到了"神职人员"，所以就在剧中使用了这样的设定。

不论是《金科长》还是《热血司祭》都有很多搞笑的元素。您在写电视剧时，这些搞笑的元素都是事先考虑过之后加进去的吗？有没有一些地方是你事先没有预料到，却让人捧腹大笑的？

看电视剧的观众可能会觉得，编剧是通过直觉把搞笑场景或者内容加进去的，但其实喜剧在设计阶段，甚至要比恐怖剧都要详细。如果不是从一开始就详细地画出设计图纸，电视剧肯定会失败。所以，虽然会有一些没有预料到的搞笑场景，但是大部分都和预想得差不多。

尤其是无线电视剧，如果没有完成好设计图，就很难符合所有人的口味。因为无线电视剧既要逗笑母亲，逗笑我8岁的儿子，又要逗笑高学历人群，也要逗笑低学历人群，所以制作设计图非常不容易。只能像我电视剧台词里说的那样"因为不知道你喜欢什么，所以我准备了所有的"，加入各种搞笑元素。

"对了，这部分可以加一段连小孩子都会被逗乐的直观的包袱，这里加入一些需要联想的包袱，这里就加一些最近比较流行的无厘头场景"，就像这样，会提前对里面的台词和场景进行计算。"最后的部分要逗笑所有人，所以就以粑粑来结尾吧。毕竟粑粑是可以逗笑所有人的。"一开始时你就算用这种幼稚的方式，也要逗笑观众。

喜剧电影最困难的一点是，这是和一群幼儿园小朋友的战争。因为毕竟我要逗乐比我阅历低的人群，就不能只使用可以逗乐我的幽默。你就算有时候觉得"我至于要写的这么幼稚吗……"的想法，也要继续往下写。

写剧本时，那些辅助编剧偶尔会问这样一个问题，"老师，我们至于要写的这么幼稚吗？"这时我会回答"就这样写吧，这都是为了生计"。哈哈，如果认不清这一点，你会过得很辛苦。

我是希望有更多关于喜剧类电视剧的研究资料，这样教学生时可以更加深入一点。因为在所有的类型中，喜剧是比较困难的，但却没有地方认真地介绍这些东西。喜剧电视剧真是太难写了。说得直白一点，喜剧真的是边哭边写出来的。

写电视剧时您会在哪些地方感受到喜悦？

当然是看到观众喜欢我写的电视剧的时候。这个时候我全身都会被喜悦所笼罩。我个人倒是完全不会在意互联网上的评论。就算再怎么批判我，我也丝毫不介意。因为在这个平台里发表不好评论的人，也会把同样的评论发布到其他各个不同的平台上去。

其实我的工作室在市场和闹市区附近。我写剧本时不太会受到周围嘈杂环境的影响，所以喜欢这样的位置。那个市场里有一家汗蒸馆，在汗蒸馆里摆放着约有4台电视机。男宾室和女宾室各有一台，中间的休息区在两边各放了一台。女宾室我进不去，所以不算，在剩下的3台电视里如果都放着我的电视剧，我就会想这部电视剧"要火"了。

在这样的汗蒸馆里，有一群白天上班，然后晚上到这里过夜的人们。当我写出让这些人在观看时被逗乐的电视剧时，是最让我感到自豪的。这些人一般要么坐，要么侧躺在汗蒸馆的木床上，噗嗤噗嗤笑着看电视剧。嘴里还说着"这部电视剧太有意思了！"。

因为这些人都不是具有关于电视剧的专业理论和知识的专业人士。他们只是在观看电视剧的过程中，感受着快乐的普通人。所以当这些人喜欢时，是我最开心的时候。

所以每次去汗蒸馆，我也会坐到木床上一起看电视剧。有时突然发现旁边的大叔们笑得很大声，这时就是我最开心的时候。

最后您想对怀揣着电视剧编剧梦想的同学们说点什么？

如果要想成为电视剧的编剧，前提是你必须热爱这件事情。你要扪心自问一下，有没有出现过哪怕一瞬间的疲惫和厌倦。如果到了这种疲惫期，是写不出东西的。要学会克服这个时期，但这件事情并不简单。最后，我觉得只有真正的好人才能成为好的编剧。我希望你一直为成为一名用温暖的眼光去关心所有人的编剧而努力。

《郑道传》《绿豆花》

2. 郑贤民编剧专访

"永远不要忘记
电视剧来源于你的生活经历。"

　　您在当电视剧的编剧前，曾经担任过国会议员的辅佐官，这种经历是比较特殊的。那么让您成为电视剧编剧的契机是什么？

　　在我担任国会议员辅佐官的第 9 个年头，有一天接受了一位编剧的采访。当时他可能在筹备和最近热播的《辅佐官》类似的电视剧。

　　编剧跟我讲了他心中大概的故事线，在听的过程中我不自觉地提出了"这样写会不会更有趣？"这种想法。不知到了什么时候，编剧老师就问我之前是不是写过文章。我只是回答说"文章倒是经常写。我小时候的梦想是成为小说家，之前写的文章也进入过全泰壹文学奖的最终审核环节。但我也知道我的能力离成为一名专业的作家还是有很大差距的。"

听到我这样回答后他却告诉我说，电视剧的创作不是写"字"的过程，而是写"话"的过程，我在"话"这个方面非常有天赋。最重要的是他觉得我心里装着故事，还莫名其妙地建议我可以去上电视剧编剧课程。当时这段话给我的第一感觉是，他是为了感谢我接受他的采访而说的好话。

就这样认识了这位编剧老师后，后来也偶有联系。但是他每次见面都跟我说同样的话。后来我失业了一段时间。但，神奇的是就在这时！我在电视机的画面中看到了电视剧编剧学院招募学生的广告字幕。而且凑巧的是那天刚好约了那位编剧老师见面。见面后我跟他说我在电视上看到了这样的广告，他立马就劝我说你赶紧去报名。当时也确实没有其他事情可做，所以就过去面试，然后通过了。当我去上编剧培训学院时，还在其他的议员办公室里上班。现在想想还挺好笑的。

就这样我第一次去了培训学院，说实话那里太有趣了，那里对我来说是一个全新的世界。在国会的时候，整天要忙着吵架，而在这里要从基础开始学起……当时实在太有意思了。而且那时候每天上完课之后一定会一起去喝酒。我当时的业绩是每天组织基础班的同学们聚餐。通常每次都会有二三十个同学参与。基本上是去一次乙旺里，去一次牛耳洞，当时我们的理念是"人生在世不就是为了开心吗"。我虽然有时偶尔不去上课，但是聚餐肯定是每次都去。

在这个过程中我认识了写了《天空之城》的俞贤美编剧，当时她是我们提高班的老师。我的获选作品就是在她的指导下完成的。

您的作品获选后，您是从什么时候正式成为电视剧编剧的？

如果是写电影的剧本，因为需要很多人合作，所以只要你有自己擅长的领域，就不会有太大的问题。但如果是写电视剧的剧本却不是这样，不管你喜欢也好不喜欢也好，都要自己一个人独自撑起相当长时间的剧情。但是我觉得如果想一个人撑起整个剧情，就算在作品获选后，也要经过很长时间的训练。记得当时有一位和我关系不错的导演，和我说过这样的话。

"新人不会获得好的机会。"

就是说能落到我手里的机会，肯定是多少存在某些问题的机会。那位导演就是推荐我的出道作品《自由人李会荣》的那位。

刚开始我觉得如果是我写的电视剧一定会引起轰动。

但是似乎太平静了，收视率也非常的一般。当时我觉得自己写得挺好的，还想着"为什么观众的反应是这样？"哈哈哈。

我在写《绿豆花》时会想着《自由人李会荣》，两个剧讲的都是同一历史时期的故事。这时候的我就已经可以看到"哎，当时我忽略了这些部分。当时我没有表现出这些部分"。对此我感到很高兴。

我算是运气比较好的。因为一般作品获选后，第一年都会去写独幕剧，而我却接到了写长篇电视剧的机会。相反，第二年写了4部独幕剧。在第三年我参与到了日日剧（韩国电视剧的剧种之一，周一到周五每天都会播出，每集30分钟）《爱情啊爱情啊》的创作。就这样在两年当中我经历了5部作品，把迷你剧、日日剧、独幕剧都经历了一遍。

我第一次写剧本是在2009年的4月，我的作品是在7个月后获选的，所以我学习当编剧的时间不超过一年，几乎没有过练习写作的时间。但是在之后的两年我写了很多东西。其实那也算是经验丰富的导演们在给我上课。又能赚到钱，又能获得经验，我真是太幸运了。

就这样被他们培养了3年左右后，写出来的作品就是《郑道传》。所以如果学习编剧课程的同学问我同样的问题，我会告诉他们我是比较特殊的例子。

其实对于那些梦想成为编剧的学生来说，他们心急是正常的。您觉得他们一般要准备多长时间？

我刚出道成为编剧时，周围也有很多人说自己也想成为编剧，问了我同样的问题。但问题是他们都想辞掉当前的工作，然后去学编剧。于是我跟这些人说"不能这样，等你的作品获选后才辞掉工作也不迟。这不是参加高考，而且你现在在做的工作和社会经历，都会成为你在编剧生涯当中的竞争力。越是在这个时候你越是不能辞掉你当前的工作。"

但其中也有很多人当面跟我说会按照我说的去做，然后转身就辞掉了工作的。他们会很努力地在编剧培训学院上两年左右的课，但是您也知道大部分都不会获得理想的结果。就算作品获选之后也有问题。哪有人会白白地把钱放到你的面前？作品获选后，后面还会有很长一段更加艰苦的时光，而且也不是作品获选后就能马上出道。

所以要看得长久一点，要一步一步从容地向前走，并在这个过程中多交一些写作上的朋友。

我刚进培训学院时，唯一的目标是在里面多学一段时间，还一边想着"我要在这里待很长时间，这里太有趣了。"

在那里我只是一个快乐的学生。在那些年轻的女老师们说出某位编剧的某句台词时，也觉得她们很酷。而且，下课后不用再谈政治，而是和同学们聊每天学到内容的过程也非常地开心。

其实虽然我为成为编剧而进行练习的时间并不长，但是我在 20~30 岁时，在其他的地方有过非常丰富的人生经历。正是因为这些经验让我在编剧这条路上得到了绽放。

您有觉得自己最擅长的电视剧类型吗？

真正好的机会不会落到新人头上。所以在新人阶段，只要有活儿就一定要接，不能挑剔。我在那段时光，就算是有人要我写浪漫喜剧，我想我应该也会去写。不管是什么活儿，来了你就一定要接，因为你可能会在意想不到的地方找到你的潜力。

之前我做梦也没有想到，让我成名的竟然是历史剧，因为之前我一次都没有写过历史剧。《郑道传》的第一场戏，是我的第一次创作的历史剧。到现在我都还记得，当时为了弄清"回廊"是什么意思，在网上查了两个小时。接下来的问题是"太监手里提的是什么呢？是青纱草笼吗（朝鲜后期普通人家在办婚事时使用的一种灯笼照明用具）"，我甚至不知道那是"灯笼"，我当时真的什么都不懂。但是谁能想到，在不知不觉间我竟然成为了政治历史剧的编剧。

所以我现在也在想，我当时如果写的是浪漫喜剧，可能也会出名。这种事情谁都说不准……

对于那些想成为编剧的同学们来说，我觉得更加没有必要提前给自己做"我擅长写这一类""这应该是我拿手的"这样的限制。因为你不可能知道自己将在哪个领域发光发热，自己的天赋在哪。

另外，自己喜欢的和观众喜欢的是不一样的。你可能觉得真诚的人是很帅气的，但是观众可能不喜欢那一份真诚。重要的是你只能做观众喜欢的事情。

您是怎样创作电视剧里的角色，并给这些角色注入感情的？尤其是像《绿豆花》有那么多的人物……

编剧的心中要同时装着很多人。其中要有卑鄙的人、有吸引力的人、小气的人、英雄等各种不同的人。你要可以随意地把这样的角色拿出来又放进去。

一般定角色时只会想着中心人物，不会太去关注周边人物的走向。但创作《绿豆花》时，因为是以平民百姓为中心的历史剧，所以在策划时，只要是剧中出现的人物，就要把该人物从开始到结局的走向都想好。哪些人要在牛禁峙战役里死去，比如崔德气（金相浩 饰）要在牛禁峙战役中怎么死去等，这些都是提前都设定好的。

如果在某些作品当中没有提前设定好这些，我好像一般都是通过自己的经验来表现角色的。以《绿豆花》来举例的话，我心中分明住着白家这个人物。第一次见到演员朴赫权时我就跟他说了这样的话。

"这部电视剧一开始是白家这个角色的故事。我一开始想讲的是白家的家族的故事，所以这部电视剧是以你开头的。"

如果我没有成为一名父亲，我一定写不出白家这一角色。成为一名父亲后我发现，那些曾经自己坚守的原则，在孩子面前会被轻易地摧毁。有了这样的经历后，我突然觉得父亲这一称谓，可能是外人或者其他家庭眼中的恶魔。以这样的视角写白家这一角色时，就产生了"是的，作为一名父亲，他确实会这样做"这种感同身受的感觉。

如果我没有结婚生子，肯定想象不出白家这一角色，如果我没有在国会里加入过保守党的经历，一定写不出《郑道传》里李仁任这一角色。

那么对一位电视剧编剧来说，个人经历带来的影响有多大呢？

如果我没有在国会里当过辅佐官，没有过"大国家党"这一保守党中一员的经历，我的剧本肯定会平淡无奇。因为我经历过这些事情，我的作品才达到了可以被称为政治历史剧的程度。

在和周围那些经常受到"写得真好。这人为什么会写得这么好？"这种评价的编剧的对话过程中发现，其中很多人都有段曲折的人生经历。他们可以说是经历了电视剧式的人生，也一定在这一过程中遇到过各种各样的人，面对过各种各样的极限，感受过各种各样的情感。我觉得这其实和演技很像。

我自己也是一样，通过自己的经历接触过比较多阶层的人。从工厂的劳动者开始，虽然我自己不是，但是做过为韩国最高阶层的人服务的事情。就像一个公司有各种各样的人，每个人生活的方式都不一样，部门和部门之间人们的喜好和文化也有些许的差异。我想我一个人就包含了这些所有东西。

虽然无法说出具体是在何时何地产生的，但是那些在我人生轨迹中经历过的每一个瞬间，累计起来后，才成就出了我创作的那些角色。

您写电视剧时每场戏的结构是什么样的？

状态好时我会用一行片段（sequence）来写剧本。通常一集的标准是 8 个左右的片段。在故事发展的重要部分会放两个片段进去。这样有的剧集里会放 11、12 个片段。相反如果放 6 个进去，每个片段就太长了。

但是如果状态不好，我会在写好片段后，在底下像散文一样继续添加内容。不是定每场戏的编号，而是写下一场戏是什么，再下一场戏是什么，像这个样子。一般写剧本时都会事先定义"这集的结尾是什么"，然后寻找 7 个左右的方案。

但是在写前面的场景时，如果想到好的可以用于后面的场景，我都会马上记下来。就是说在写这一片段时，会同时想着之后的片段。

您和编剧助理们是怎样协作的？

因为我在写剧本时，不会划分每一场戏，所以不会在写台词等部分协作。但是，我会认真教他们的部分是，"故事"部分。

我会跟他们说"每个人都会写作，但最重要的是要会编故事。"所以我在写剧本时会让他们写下一集的故事简介。然后在写完这一集的剧本后，我会让他们把写好的故事简介拿过来一起讨论。然后在这些故事简介里抽出好的脉络，并把这些内容添加到我的故事当中。

其实我觉得没有必要再教编剧助理们怎么写剧本，因为每个人都有自己的风格。而且我也觉得，我的风格也不适合让女性编剧们去学习。相反我觉得电视剧编剧是一群讲故事的人，所以我一直无条件地强调着故事的重要性。

《绿豆花》里不是有全罗道的方言吗。这些方言台词您是怎么写的？

我在语言方面有点天赋，学语言算是比较快的。我妻子的娘家在全罗北道，而我老丈人是全罗南道金堤人。他说一口非常地道的全罗北道方言。我听他说话听了 15 年，所以不能说对此完全陌生。我最初是想的是参考小说《太白山脉》，但是以此来写剧本后发现完全错了。因为《太白山脉》里的完全是全罗南道的方言。没办法，我只能放弃之前的想法，开始分析全罗北道的方言。

我看了包含全罗北道方言的视频，以及全罗北道拍的视频，也让编剧助理们索性做一个词典。让他们把方言里经常使用的副词、形容词等都一同放入这个词典当中，这样做出来了 20~30 页的样子。接着让他们整理所有出现在电影和小说当中，当人物在高兴时、悲伤时、挖苦别人时都是用什么样的说法来表现的，最后找到了数百个这样的说法。

但是我没有照抄这些整理出来的东西，而是根据剧中的情况，自己制作了台词。遗憾的是在正式的电视剧当中，几乎没有表现出词典里面的东西。有一部分原因是因为里面的话太露骨了，还有就是其实这些方言如果不加上字幕是根本看不懂的。

在写《绿豆花》时我就想过"如果下次我再来制作一部使用全罗道方言的电视剧，我一定会抱着打字幕的觉悟来写得真实一点。"所以事实上只是为了使整部剧看起来更自然一点，模仿了点全罗道的方言。还好周围的人觉得不是那么生硬，老丈人也说，的确像全罗北道的方言。

您觉得怎样才能写出好的台词？

很多人都在说台词感是天生的，从某种角度来说这一点我也是赞同的。我认为这里面"天生"不一定非要是先天的意思。怎么说呢，应该解释为是人生中的体会。所以我觉得对于一个电视剧编剧来说，小时候的语言环境非常重要。周围是否有给你讲老故事的人，周围有没有喜欢骂人的老奶奶，成长环境的差异是非常大的。

对于写好台词来说最重要的是角色。角色本身没有鲜明的特征，却还能说出好的台词？我觉得这绝对不可能。所以我会对学生们说："要想写好台词，先把角色创建好。"

如果再让我说一句的话，我觉得只要不写"吃过饭了吗？""嗯"这样的台词就行了。但其实这没有像看起来那么简单。

所以要想写好台词只要记住两点。那就是角色和意料之外的回答。

为了把电视剧写得更好，您会有自己的古典作品书单吗？

创作时我不会额外地去读书。如果在中间写不下去了，我会去看喜欢的歌手的音乐视频。

我小时候喜欢看长篇巨著。我在小学时就看过中国的四大奇书（《三国演义》《水浒传》《西游记》《金瓶梅》）。

我喜欢读这种叙事性强的长篇巨著。如果让我推荐古典作品也会推荐这些。不知道是不是因为这样，就算是电影我也喜欢叙事性强的电影。

如果让我选一本我的"一生之书"的话，我会选《杀死一只知更鸟》。这本书最开始进入到韩国时被译为《孩子们审判的国家》，我看的也是这个版本。里面讲的是人种歧视的内容，我非常喜欢里面的叙事方式和书中传递的信息。

最后您想对怀揣着电视剧编剧梦想的后辈们说点什么？

都说人生七分靠运气，三分靠打拼。如果有人在接受关于成功的采访时，没有提到"运气"成分，我觉得那个人一定是个骗子。就跟人生一样，电视剧也是要看运气的领域。就是说要同时拥有努力、才能和运气才能成功。这其中才能因人而异，说到努力每个人也都很努力。

问题是"运气"这个家伙……不过非常明确的一点是，就是像我这样的人，也起码会有运气光顾的时候。所以我想说的是，要时刻准备着，不要感到厌倦，等待着属于你的时刻。

3. 元宥晶编剧专访

**"就写你觉得最有意思的。
我试过这是行得通的。"**

您出道的电视剧还没有播出。您可以在这里做一下简单的自我介绍吗？

大家好。我是在"第 16 届庆尚北道文化内容振兴院剧本征集大赛中"通过作品《正鹿派赵芝薰》获得最优秀奖的元宥晶。目前正在共同创作名为《所有人的谎言》的电视剧。

到成为一名编剧您一定花了很长时间。在作品获奖之前您一直在做什么工作？

我找工作的原则是做那些和写作不相关的工作。可能是自己觉得"不知道将来会怎么样，这样起码可以随时脱身"。我在出道前，在一所培训学院的管理组工作。因为每个月都有固定的工资，所以一点儿都不焦虑，向征集大赛提交作品时心里也比较平稳，作品落选时也没有受太大的挫折。

去年我提交了好几部独幕剧剧本。虽然提交到 JTBC（中央东洋放送，韩国电视台）、O'PEN、SBS 的作品都没有获选，但是后来都联系过我。因为这些提交的所有作品都到了最终评审阶段。幸运的是，通过这样的经历，我认识了李允正导演，才能像现在这样一起做事情。

那之前的工作您已经辞掉了吗？

其实在李允正导演联系我的几乎同一时间，也有其他人联系了我。去年 6 月份联系后，8 月份马上就要进入创作，所以不得不辞掉了原来的工作。我是在当时工作的培训学院接到的李允正导演的电话。刚开始一看是陌生号码我就挂掉了。后来接到了"我是 CJ 公司的 ××，您现在方便接电话吗？"的短信，我回复了以后，马上电话就打过来了。

当时我非常激动，但又不能大声喊出来，所以只能去学校的卫生间接电话。

"您是李允正导演？就是那位导演了《咖啡王子 1 号店》的李允正导演吗？您邀请我和您一起工作？"

我就这样慌慌张张地和她通了电话。

导演性子也比较急。她跟我说："我们今天见个面好吗？"于是我回答她我马上过去。下完班之后，我马上去了导演家门口。当时真是太开心了。

您想成为电视剧编剧的契机是什么？

那种契机不是突然产生的。我从小时候开始就非常喜欢看电视剧。我在初中和高中阶段，也没怎么和同学出去玩，就一直在家里看电视剧。我觉得看电视剧实在太有意思了，以至于每次放学后都跟同学说："要赶紧回家看电视剧了"。

在我高中一二年级的时候电视里播了《巴黎恋人》，在同学之间引起了热议。但是其他的同学都要去培训班，所以看不了电视剧。于是我会替他们看完后，第二天把里面的内容，加上自己的表演，演给他们看。好像我在上学时一直扮演着这样的角色。

我因为语言领域的成绩比较好，所以考上了某所大学的语文系。但是，学的课程让我提不起一点儿兴趣。当时我非常讨厌上学，所以每天都去看电影。还有就是每天坐在公交车上，从终点坐到终点。我当时好像把路线比较长的、蓝颜色的市内公交都坐遍了。

过了一段这样的时光后，我又回去上课了，但是我还是非常讨厌像"现代文学解读"等课程，讲课的内容也听不太懂。我看到课程列表有小说写作方法、话剧写作方法、诗文写作方法等3个写作课程。其中我去听了小说创作课，觉得实在太有意思了。那时老师跟我说："看来写电视剧比较适合你。"

汝矣岛编剧教育学院是和我同一个专业的同学介绍的。她之前在那里上过课，她跟我说："姐姐，我觉得你应该去那里上上课。"她跟我说那里有在职的编剧老师和制作人老师在讲课。但是我也没有马上过去。毕业后我当了一段时间的助教。助教是为期两年的合同工，但是，过了一年我就开始有点担心。所以年满一年后，我就去教育学院报了名。

上基础班的时候还只是"有意思"的程度。但是到了提高班以后，当时的任课老师黄义京老师，跟我说"宥晶你很有天赋"，从此我充满了写作的热情。我觉得应该是这样的一件件小事融合到一起，让我有了想成为电视剧编剧的梦想。

在写作的过程中有没有经历过低潮期？

我在编剧培训学院读到了专业班，此后就只向征集大赛提交作品。我本来以为自己理所当然地会进入到创作班，后来落选后就经历了低潮。

我是因老师的推荐加入了备选的行列。但是后来接到了教育学院的电话，告诉我不能重复提交之前提交过的作品。但明明是负责我们的老师告诉我可以提交之前提交过的作品的……反正从创作班落选后，有将近一年的时间我就没有再去写作了。向征集大会提交的作品都只是把之前的稍微修改了一下。

在写作过程中会有迎来质变的时期，对于您来说这是在低潮期发生的吗？

可以说是有影响的。我之前以为自己是非常洒脱的性格。但在得知自己没被创作班选上后，回到家大哭了一场。从进入客厅就开始哭，让父母吓了一跳。我之前还以为自己一定能被选上的。

当时的想法是不再创作新的作品，而是把现有的重新组合一下。现在回想起来，把那些具有自己特色的故事从头开始进行框架和角色的修改，其实是很困难的。虽然进行一些小的修改倒是不难。

在那一年的低潮期中，一直重复这样的工作后，我也感到有点疲倦。所以也没怎么创作，每天都非常的抑郁。想着"到底是哪里出了问题？"在提交的作品全部落选后，突然有一天我想到要写参赛用的作品了。

当我有这个想法的时候，后面就只剩下 KBS 征集大赛了。我看了往年的获选作品后，分析到"啊，原来 KBS 喜欢这种类型的文章"。我发现往年的获选作品中有很多内容大体平静，但同时家庭成员之间具有分歧，然后在最后一集和解，同时又能带给人感动的内容。

于是就带着"既然这样，我就写一部符合这种框架的作品"的想法写了剧本，但是真正在写的过程中发现剧本有点四不像的味道。我发现自己不是很喜欢这种比较单调的故事。要逼着自己写这样的文章，实在是太无趣了，同时也感到了厌倦。

当时我是专职进行创作。后来发现这样不行，就又重新找了份工作。找到工作后之前的不安也稍微消除了一点。

"现在既然不愁没钱吃饭了，就算落选我也要写一些自己觉得有意思的剧本。就当是逗自己开心也好。"

我就带着这样的心情进行了创作。其实现在再回头看当时发到征集大赛上的作品，都太松散了。在我看来唯一的可取之处是，故事还是有意思的。我当时是边想着"这帮家伙进行着无聊的对话，他们之间轻松的嬉闹的样子实在太有意思了"边写的。我觉得是评审老师们给予了我过高的评价。

现在回想起来，当时应该写自己擅长的，那样低潮期会短一点，可能一直在写自己不擅长的所以会很累。但是严格来讲，那段时间对于我来说应该是自我反省和客观地看待自己作品的时间。虽然那段时间很痛苦，却一直带着"就算这样也要坚持写下去"的想法。

您现在相当于是在和李允正制片人一起准备剧情片。您是从之前开始就喜欢剧情片吗？您以前写过剧情片吗？

我虽然喜欢看但一次也没有写过。导演的喜好好像也和我差不多。她也喜欢温暖、阳光的影像。但是她跟我说她一直想尝试一次剧情片。

所以才有了这部电视剧。但就算是剧情片，她跟我说她也想加入阳光的内容。她跟我说："只有刑警们在一起的时候，我希望他们交流时，可以是一种有趣、搞笑且温暖的氛围。你可以过来帮我做这些吗？"于是我就回答："好，我会尽力的……"就这样，我就加入了她们。

我之前还以为自己只要写温暖的片段就可以了，但是真正开始写之后发现并不像我想的那样。我想着"实在太难了，我没有办法胜任"就想放弃了，但是周围的人都劝我说："你疯了吗？你想放弃出道吗？"所以我就又重新下定决心，先把剧本写出来再说。我的想法是"如果导演不喜欢，我想做也做不了，这样就不能说是我放弃了"。但是，后来重新审视剧本的时候，发现我可以看到"这些部分可以这样改"了。我就是这样开始了工作。

您有为作品提供灵感的自己的古典作品书单吗？

我觉得只要在看的时候觉得有意思，就是好的作品。但是我有一个很有趣的习惯。如果电视剧或者电影当中有打动我内心的部分，我就会反复不停地看那一部分，一直到自己都觉得窒息为止，看一百遍都有可能。我太喜欢这种感觉了。

比如我今天看了第 15 集，里面有我非常喜欢的场面，那我就会在网上找到这一集反复地看这一场面。看到几乎都可以背下来为止。看的时候不会想着这是学习的过程。

现在想来，这个习惯确实为我创作电视剧提供了帮助。

但是当时反复看的时候倒没有想那么多，只是觉得那个人太帅了，那个人说的台词我太喜欢了……

您很喜欢看电视剧，在您看过的电视剧当中，您可以选择您人生的三部电视剧吗？

我会选《巴黎恋人》《茶母》和《我叫金三顺》。我曾经想过我也想写那种感觉的作品的电视剧是《我叫金三顺》或者《谢谢》这种类型的电视剧。我以前很喜欢《谢谢》这种类型的作品。在看的过程中觉得非常的温馨，我非常喜欢这样的情绪。

我上大一时，学校有个为了学习英语，在宿舍生活 3 周的活动。但是那时我会偷偷地去看那部电视剧，然后第二天过来模仿申久老师说话。我也非常喜欢现在正在一起拍电视剧的，李允正导演拍的《咖啡王子 1 号店》这种类型的作品。

您是怎么写台词的？您有自己的秘诀吗？

不管是在演讲或者讲课的过程中，所有的老师都会说写台词能力是天生的。他们都说结构和场景是只要坐下来分析和学习 6 个月就都可以模仿出来，但是角色和台词只能靠个人的天赋。听到这段话，所有的学生都受到了打击。哈哈哈。

其实就我个人而言，我不会太去考虑这些。我说的不会太去考虑的意思不是说瞎写。

我非常喜欢坐在公交车上到处逛，在那期间我会进入到自己创作出来的场景当中一直想各种情况。想象和妄想是我个人的爱好。直到想到在这种场景下搞笑的台词为止，我会一直进行想象。

"如果我和这些出场人物乘坐同一个电梯，或者和第三者一同乘坐这个电梯。我能听到他们在说什么。"

就算不一定会写在作品当中，但是就像和他们生活在一起一般，不断地去想象在那个空间里可能发生的状况和台词。在这些过程中如果想到非常搞笑的台词，或者想到"这个台词真像是他会说出来的。这是只有主人公才会说出来的台词。"就会想着把这些台词记下来，以便于以后使用。

不是说把这些原封不动地写进剧本，而是说按照这样的方式把这些台词一句一句地记住后，想写台词的时候，就可以马上想到好的台词。如果是非常好的台词，我会记下来，但是这些记下来的反而不会拿来用。所以只是想着"还不错，有点意思"，记在脑中后，需要时直接拿出来用。

在重复这样的过程中发现，最近感觉市内公交来回一趟的时间越来越短了。所以在最近的一两年中，如果有时间我会去高速汽车站，坐着巴士到寺庙去旅行。如果去比较远的地方，一趟来回要五六个小时。这样在去的过程中我就有时间去思考，在寺庙里也有时间去思考，在这个过程中，也会把这段时间一点点积累的压力和怨念清空，然后回来的路上继续思考。

您觉得在电视剧里讲故事的核心是什么？您觉得有趣的标准又是什么？

最近在写作品的过程中，感受到的一点是故事要纯粹。如果太贪心想着："如果把这个加进去是不是会更有意思？如果在这里加点障碍应该很有意思吧？"那么你的故事肯定会跑偏。

故事本来是一眼要能看清才可以的，但是在某个瞬间，我突然就变得贪心起来，觉得如果得太简单，作品看起来比较低端。就这样，我为了掩饰这些在这里加了一点，在那里加了一点，写出来后不光反响不好，自己回顾起来也不容易。

"哎，看来不行了。我只保留核心的骨架，其他的枝条都不要了。"像这样修剪枝条后，故事变得清晰了起来，角色也变得更加地生动了，作品终于好了起来。修改时为了把这些部分去掉，花费了我不少的时间。但这对于我来说是一次宝贵的经验。从此之后我开始坚守故事一定要单纯这个原则。

在写电视剧的过程中，您有效仿的对象吗？

当看到有意思的电视剧时，我每次都觉得所有的编剧老师都是值得尊敬的。只要在看电视剧的一个小时里觉得有趣、觉得温暖、觉得感动，那么我觉得这就是最好的电视剧。

最近正在看《救救我》第二季，我太喜欢里面的台词了，因为我最近也在为台词而苦恼。如果故意在台词里增加力道，或者有意地想写帅气的台词，那就不可能写出像这部电视剧里的台词一样的台词。想写得帅气一点的台词一定会被导演删掉。导演会说："这句台词实在没法用。"然后把这句台词拿掉。

《救救我》第二季我只看了第 15 集和第 16 集。在那一集里真的有整个村子都有可能被毁掉的，真是最绝望的冲突。但就是出现在这种最绝望的冲突当中的台词，都不是那种很"伟大"的台词。两个人在互相诉说着从很久以前开始，出现在两个人之间的冲突。而且台词也不是很多。但就是这样，其中的一个行为、一个动作、一个眼神我都太喜欢了。我在看的过程中想了好几次"这些都是写在剧本当中的吗？"

还有那个最后被烧死的最终反派千虎。直到他死去的最后一秒，手里都还紧紧地握着5万韩元纸币。看到剧中人物刻画得竟然这么彻底，我想着："真是太厉害了。我要好好学习这一点。"于是我昨天又把这个场景回看了好几遍。

不知道怎么往下写或者实在写不出来时您会怎么做？

我现在是刚开始做编剧。在这个过程中学到了一样东西，那就是去相信一起工作的人。实在不知道怎么往下写时不要一个人一直闷在心里，问问其他人的意见会对你有所帮助，而且对你接下来写作的方向也会有帮助。

当然不是说我自己一点努力都不做，就跑过去问别人的意见。而是说在自己拼尽全力后，对于那些自己能力范围以外的部分，可以大家一起来解决。在这样的过程中我确实学到了很多东西。

现在的这部剧是共同创作，具体是怎么进行的呢？

我进入剧组时基本的企划方案已经有了。故事的框架也已经有了。通常是主编剧、导演、导演助理、编剧助理聚在一起，商量每一集的走向。然后第二天和主编剧一起开会决定场景列表。接下来大家各自回去写初稿，写完后大家一起来讨论，哪些内容可以进行组合、哪些内容可以使用。最终的剧本是由主编剧来整理的。

我们的氛围是比较开放的，所以会重视所有人的意见。这样的氛围非常适合表达和延伸自己的想法。导演也是这样的性格。她不会把真实的想法藏在心里，而是会直接说出来，也可能是她不想把这些埋在心里，如果有什么想法她都会直接告诉我们。

还有主编剧的性格也是非常的爽快。因为我知道，如果我是主编剧，很难把旁边的位子让给别人坐。但是她还是爽快地告诉我，自己不足的部分可以由我来填满，这样故事会变得更加丰富，这是好事。对于我来说，她给了我一次相当大的机会，所以我非常感激她。

一般在创作作品时，是从什么地方开始的？

写每一部作品时都是不一样的。比如，《正鹿派赵芝薰》是从剧名开始的。因为这是参加庆尚北道文化内容振兴院剧本征集活动的作品，所以内容中必须包含庆尚北道本地的故事。更何况我也没去过庆尚北道，我的作品是在第16届入选的，我查看了前面15届的入选作品后，发现能用的地名都过了。庆州、荣州的地名基本都用遍了，而且我也不想讲那些太耳熟能详的地方的故事。于是我打开地图开始寻找，看还可以讲哪些地方的故事。

就这样我就找到了一个叫珠室里的地方，一查发现这里还是赵芝薰的出生地。赵芝薰出生地……珠室村……这样进行联想的过程中，因为我是语文系毕业的，所以就想到了"对了，赵芝薰，正鹿派。"

"这里把逗号去掉，取名正鹿派赵芝薰应该挺搞笑的。正鹿派？那正鹿派应该是什么的名称呢？对，要不写成小混混的故事试一下？"就这样一步步地进行联想的过程中，故事就完成了。

其他作品的话我是从角色开始的。我是从想写自己喜欢的角色的想法，开始一部作品。我个人喜欢那种爽快，说话又很直接的那种角色。或者是被世人所熟知的高手，或者隐藏的高手这种。所以我会想着用这些我所喜欢，并被吸引的角色，展开故事。

就这样我把角色的性格先定义好之后，我会去想什么样的舞台最适合这些角色，然后以此来编写场景，然后进行扩展。

最近视频播放平台越来越多。您对这样的情况会有担忧吗？您对这些做了哪些准备吗？

我现在才刚刚开始起步。所以创作时没有把这些因素考虑进去。相反我在看过网飞（Netflix）上的电视剧后，我之前的写作框架反而消失了，觉得我之前对电视剧的理解太过于狭隘了。也觉得现在真是所有的故事都可以拍成电视剧了。

在培训学院里我经常听老师们说不要写太烧钱的电视剧。尤其是不要写太烧钱的历史剧，所以我不太写历史剧，也尽量避开那些可能要花很多钱才能实现的场景。我重新审视自己，想着是不是自己被这样的框架限制住了。

但是在看网飞电视剧的过程中，我认识到我在很多方面被困住了，我给自己做了太多的限制。那上面真的在讲各种各样的故事，也惊讶于故事竟然可以延伸得那么深。

我觉得这反而成为了我认识到，以后不能给自己的想象力添加限制的契机。

一般都说想成为一名编剧就要有"不撞南墙不回头"的精神。您想对后辈们说什么话呢？

我是个胆子比较小的人。而且顾虑也比较多……严重到什么程度呢，我们有一帮在基础班里一起上过课的朋友们的聚会，在那里我经常听到的话是"喂，你为什么总是去担心那么多事情？"

"喂，你这样能做成什么事情。还没开始呢就一直在说：'这个看起来行不通是吧？没意思是吧？'这怎么行！"我会经常听到别人这样说我。

我觉得我确实没有这种"不撞南墙不回头"的精神。但是我一直想，一定会有把所有赌注都压在我身上的人出现。想着"一定会有认可我的人出现的。"但是在去年，我相当于遇到了一群"我愿意在你身上赌一把"的人们。所以我就想"那种时候还真的是会到来的"。

我之前也走过很长一段时间的弯路，真的是为了被选中，写了一大堆奇怪的东西。但后来发现这种由于某种不纯的动机创作出来的东西，确实不怎么样。在低潮期我虽然也向征集大赛提交过作品，但都是在之前写的作品的基础上，替换一些助词后提交的，一边还想着"为什么还没有联系？"但是我现在以客观的角度再来审视的话，那些作品确实没什么意思。后来我就有了"我要写有自己风格的东西。这样就算落选了也不会后悔"的想法。

接下来我就抱着要展示自己擅长的东西的想法，写了两部作品提交到了征集大赛上。就是这两部作品让我踏上了编剧的道路。我觉得用自己擅长的方式，写出自己喜欢的故事时，才会有"我也喜欢这样的故事。我觉得你跟我挺合的来的。要不要和我一起做事情？"这样的人出现。所以我想跟他们说，必须要拿自己也喜欢的东西来一决胜负。

对你会有帮助的
电视剧讲故事的方式

让我们读一读！脚本

1. 主人公的人物描写

《要先接吻吗？》的主人公"孙武寒"的人物脚本

孤独的独居男孙武寒

我会一直爱着你！

这是我的计划！

我虽然会深爱着你，但是不会和你在一起！

这是我的秘密！

年龄

户口上的年龄是 49，实际年龄是 50。

职业

国内排名前几的广告制作公司理事。曾经作为广告公司的文案，每天都在书写着神话，但如今已经成为在开会时只会转笔的老年人。对于同事们来说他是吃公司钱的幽灵、对于晚辈来说他是希望赶紧死掉的僵尸，他的外号是"老男人"。这个行业的人太不会尊敬长辈了！没有修养的家伙！你以前不也这样嘛！愤愤不平，唠唠叨叨。真羡慕那些不会因为年龄的增长而失去才华的达人和匠人们。

家庭

和一个叫雨果的美国佬陷入爱河的前妻，以及叛逆期的17 岁女儿都在洛杉矶。断绝关系的父亲在监狱里，天上天下唯我独尊（释尊诞生时，唱咏之偈句）男。这样的生活他已经度过了 7 年。怎么也不会想到自己会沦落到这种地方。我是孙武寒！是天上天下唯我独尊的广告天才孙武寒。

为什么都把我当成空气？连家里那条时日不多的老年犬"星儿"，因为患上老年痴呆，看到他都会狂叫不止。这只老年犬，使他最近经常感到悲伤。

特征

典型的老男人，顽固老头。执着于 CD、黑胶唱片等"正在消失"的东西。正处于从冷酷的男人转变为孤独的大叔的更年期。下班后和手机的语音助手 对话。"我现在 50 岁了！你也觉得我老了吗？""年龄只是一个数字而已！""你要和我谈恋爱吗？""是我做错什么了吗？"

性格

曾经除了长得帅什么都不是，现在是什么都不是。和大多数引领这个时代的超级精英们一样，他曾经傲慢、风流、放荡不羁。他那创意连绵不断的性感大脑，曾经使他不仅在业界，还对初次见面的女人充满了魅力，而现在所有人都不喜欢他。大家都躲着他。不管是女儿、妻子还是父亲，都不愿再多看他一眼。

多余的人。多余的生命。失去锐利后他只剩下敏感、他的直言不讳如今成了别人眼中的毒舌。无眼力见、无趣、无魅力的大叔，因曾经的成功和丰富的经验而变得苛刻、难以相处的无用大叔。这是了解他的人对于他的大体评价。他为什么会沦落到这种地步？这不是他。这不是他的真心，也不是他真实的样子。说不定最不喜欢他的人就是他自己！

秘密

正在慢慢地走向死亡。

武寒的故事

武寒有个没有向任何人透露过的故事。身体上的秘密。他得了胰腺癌。他患胰腺癌已经有 5 年的时间了，不久前被医生告知还有 6 个月的生命。现在要怎么办？要不去种下一棵苹果树？把自己养的老年犬送去安乐死回来后，他哭了好久。他感到无比的孤独。好想感受一下，人的温度。老年犬的死让他承受了无比的打击。不能就这样结束！不能让你的人生以这样的状态结束！

洗澡时门出了问题，让他赤裸地被困在浴室里 2 天 3 夜。他叫喊、拼命敲打楼上和楼下浴室的地板和屋顶，根本没有人回应。没有人听到他大声的、凄凉的喊叫。他已经无力再喊了。他想到了孤独死——这种据说每天夺取 6 个人生命的死亡方式，对于自己似乎并不那么遥远。或许这就是他的死亡方式。

一位不知道他所剩时日不多的好友（黄仁宇）想给他介绍个女朋友，他为了拒绝去了相亲场所。竟然是她！要怎么介绍她呢？她不知道他认识她。只有他单方面认识她。

绝对不能让她看出他认识她！

她开始认真地打量武寒。他开始喘不过气了。是因为癌症。不对，是因为她。她在认真地打量着他。打量着他的衣服、头发、鞋子、手表、老化程度。笑容渐渐从她的脸上消失，转而充满了失望和愤怒，他又开始痛起来。是因为她。不对，是因为癌症。

竟然给我介绍中老年人！她毫不掩饰地用眼神表示着自己的愤怒。疼痛加剧。这是因为癌症。是因为她。他疯狂地从羽绒服的口袋中翻出镇痛剂，并骗他们说是降压药。药丸卡住了喉咙。不对，是她卡住了他的喉咙。从很久以前的那一天开始。（以下略）

只有武寒知道的他和她之间的故事

2007 年武寒为阿波罗饼干公司的粉末状饼干制作了广告，而纯真的女儿就是食用了这个饼干后意外夭折。

这是一款把白色的粉末倒入水中经过搅拌后，会像葡萄一样生成颗粒的，小孩子亲自动手制作的饼干。武寒制作的广告播出后，销售异常火爆，两个月内竟然卖出了1000 万包。对于武寒来说这只是一个没有花费他太多的精力就获得成功的广告。但是却有一个小孩没有把粉末放入水中搅拌而是直接吞了下去，导致呼吸困难，最终因吸入性肺炎和缺氧性脑损伤死亡。

看着新闻里那位因痛苦而吼叫的母亲，虽然武寒想着那不是他的错，但是心理还是会有愧疚。因那款饼干而死亡的只有纯真的小孩一个人。根据饼干公司的说法，这不是饼干的问题，而是小孩子的问题。他没有拿杀人饼干虚假地宣传为魔法饼干。

这不是我的责任！不管是那个小孩还是我，都只是运气不好而已！但这真的是不可抗力引发的事故吗？如果他在广告中加入了警示的内容，纯真的小孩子是不是就不会死？他当时只想着怎样把产品卖出去，并没有想过小孩子在食用时会不会有危险。他只把广告当成了自己的作品，而并没有把这条广告和别人的生活联系在一起。那个小孩子意外死亡后，他对自己制作的广告产生了自责。从此当他看到要制作广告的产品时，首先看到的不再是产品的优点，而是产品的缺点，拿到产品后首先想到的是找出风险因素。就算是曾经最擅长且最赚钱的宣传企业形象的广告，现在也想不出好的创意了。

他不可能再制作出好的广告了。曾经的广告天才沦落成了蠢货，最终成为顾问。还有就是死掉的孩子的母亲，安纯真！忘了她！一定要忘了她！这样的事故发生的概率只有几千万分之一！只是自己运气不好碰上了而已！每当武

224

寒想要回到以前的生活而快要忘记时，小孩的母亲总是会出现在他的视线内。纯真会因为起诉生产商而出现在新闻里、出现在光化门的大街上、突然出现在地铁里，有时甚至还会出现在他的梦里。

武寒经常在噩梦中梦到纯真，以至于他一直无法忘记她。因为他实在没有办法忘记，所以他去了存放小孩骨灰的公墓，在路上他发现了服用过量安眠药而生命垂危的纯真。对于他来说那可能只是几千万分之一的概率，但是对于某个人来说那就是 100%，是她的全部。对于她来说那就是天塌了下来，就是失去了所有，她感受到的是悲惨的疼痛。孩子的母亲虽然保住了生命，但是却放弃了人生。（中略）

回到 3 年后，也就是当前的 2017 年。被医生告知还有 6 个月生命的武寒，决心活下去，不对是决心"自暴自弃"的纯真，意外的在相亲现场相遇！虽然曾经有过无数次相遇，但是对于不认识他的她来说是第一次相见。决心自暴自弃的她，为了武寒的钱，就像下定决心成为他的妻子一般，装出女人味，并把她的恋情、她的爱情、她的人生都赌在了他的身上。她把自己的人生直接丢给了他。就像她不想再拥有了一般，把自己丢给了他。

要怎么对待她？要怎么对待最终丢在自己面前的，她的人生？反正快要死了，索性不管不顾吗？反正快要死了，

225

在死之前起码把她救活吗？他在旁边视若罔闻的时间已经太久了。

他已经不能再逃避了，他要为自己的过往进行救赎。"她进入了我的生活。为了让我在走之前，完成自己未完成的使命。为了让我在走之前，填补那段时光的遗憾。"武寒决定用尽全身的力量，接住丢向自己的纯真的人生。他决定不再逃避。不管那将会是什么，不管将来要面对什么，他决定拼尽自己的全力、用他那全部所剩不多的生命，来迎接。

是她成就了他。曾经未完成的事情会帮助他在人生的终点画上句号。还有这个之前毫无计划的人，他的最后一段爱情，不知不觉地开始了。这是像初恋一样小心翼翼的爱情！是羞涩的爱情！也是注定不会有结果的爱情！

2. 编写电视剧故事情节

最佳剧场《金枪鱼与海豚》的故事情节分析

2018.9.28 播出

剧本｜李静恩 **导演**｜宋敏烨

篇幅｜A4 纸 34 页（66 分钟）

剧情简介｜27 岁的贤瑚（女 朴珪瑛饰）是一个"容陷爱"（容易陷入爱情），但是从出生到现在都是单身。她在小区的游泳馆遇到了被称为"海豚"的男子，她一下子被他吸引。但是恋爱始终不易，一同学习的初级班学员们决定组成"金枪鱼与海豚"后援会，来帮助贤瑚。另外一方面她那刻薄的初级班游泳老师有罗（男尹博），偶然的撞见"海豚"，知道他有妻子这一事实……

开场

由一个画面开场。在深海里，和游动着的海豚相遇的贤瑚。然后抛出暗示主题的独白。"掉进去之前你永远不会知道。里面到底有多深……里面到底有什么。"然后，边展示两个男人边说："爱情也是这样的吗？"

剧名

金枪鱼与海豚

建置

介绍"容陷爱"（容易陷入爱情），母胎单身（网络用语，形容从出生开始一直保持单身）的贤瑚这个角色。"了解此道吧"就是通过事件欢快地进行。然后出现的是不得不替老妈去游泳馆学习的贤瑚。她和初级班游泳老师有罗的第一面并不愉快。为难贤瑚的有罗给她取了一个叫作"金枪鱼"的外号。贤瑚在嘴里嘟囔着什么，这时她发现暖男"海豚"！

贤瑚　嗬……（海豚的身体。展示他身体的每个部位。从心理发出的声音）喔，那脖颈线条！那肩……膀！腹……腹肌！再看一下后，后背……（那一瞬间随着海豚的转身而抖动的背部肌肉）哇！

激发事件

在下雨天的游泳馆门口第一次见到"海豚"。虽然期待的是像偶像剧里一样，两个人在雨中打着同一把雨伞同行，但是"海豚"的台词却是："你没有带雨伞吗？这把可以给你用。我有车子。"慌乱的贤瑚。

贤瑚在发呆。"海豚"是我的命运。儿童之家的前辈告诉她一个秘诀，那就是让她成立一个后援会。贤瑚最终可以和"海豚"在一起吗？就此完成了主要牵动点的搭建。

→第一幕结束。到此为止的篇幅为 8 页

进入第二幕及 B 故事

　　介绍完配角后的一场戏是，在玩水球的过程中，"海豚"的球不小心打到了贤瑚的脸。以此为契机"金枪鱼与海豚"后援会就此成立！喝得酩酊大醉的贤瑚。

贤瑚　不对。（她用力拍下喝光的 500cc 的啤酒杯，酒杯发出脆响。她擦了下嘴悲壮地说）我喜欢他（用手指）当然不是！我是完全爱上他了！我要和海豚结婚！

　　大家都欢呼了起来。这时有罗有点不开心地说道。"不对，这是你应该自己解决的事情……帮助，帮助什么啊……"

娱乐游戏

　　"海豚"和贤瑚快乐的餐厅约会开始。但是两个人都只是在吃东西，并没有什么进展。另外一方面，有罗在超市发现"海豚"已经有了妻子这一秘密。他忐忑不安，这个秘密要怎么告诉她呢？有罗错过了说出这个秘密的时机。之后在有罗有意为难"海豚"的过程中，引发了两个人之间的肢体冲突。后援团成员看着贤瑚没有什么进展，特意为她准备了求婚大作战。

> →到这里大概是总共 19 页的篇幅

中点

想到即将进行的求婚大作战，感到无比幸福的贤瑚。"伪胜利"。这时有罗突然出现。

坏蛋逼近

有罗和"海豚"拳脚相加。被搞得乱七八糟的派对现场。结果证实"海豚"并不是有妇之夫……绝望的有罗。过意不去的贤瑚。有罗和"海豚"两个人在相互的骂声中离开。

> →到这里大概是总共 22 页的篇幅

绝望的瞬间

突然无来由地出现记者招待会场景，这是有罗幻想出来的场景。哦……哦……有罗终于发现自己已经爱上了贤瑚……也发现真正让人痛苦不堪的爱情，那不是爱情……

有罗　我最近很奇怪。会时不时的脸红，心情也是时好时坏，起伏非常大。心脏跳得也非常快，让我睡不着，有时会突然烦闷得喘不过气……（严肃的表情）这不是什么大病吧？

医生　（直接回答）少喝点儿酒就好了。

　　无视医生的警告，依然每天酩酊大醉的有罗，突然酒精中毒。他没有办法上班。贤瑚有点担心他。是我太过分了吗……于是用毫不在意的口吻给他发了一个关心的短信。脸色立马转晴的有罗，拼命地跑向贤瑚。啊……啊……但是发现"海豚"已经在那里了。在进口豪车前，和她发出近似于正式约会邀请的"海豚"。只能给她展示游泳演讲优惠券的有罗。贤瑚开始苦恼："两个男人中要选择谁呢？"

> →到这里大概是总共 25 页的篇幅

孤独的灵魂的黑夜

　　"爱的越深孤独感也就越深"。贤瑚和"海豚"开始正式的约会。哦，但是跟他在一起为什么会这样的不自在。每件事情他都想按照自己的想法进行。这时她接到有罗的讯息——他一直都会以搞笑的方式开头。贤瑚开始思考。"对了，我这里还有游泳演讲优惠券。"他们没有去听游泳演讲，而是到了水族馆去约会。"他会经常逗我笑，跟他在一起我觉得很舒服。"在儿童之家她听到了击中她内心的一句台词。

"既然在一起很有趣还很开心……那就是喜欢啊。"

→第二幕结束。到这里大概是总共 30 页的篇幅

第三幕

最终的决战

两个男人同时发来约会邀请。贤瑚最终会选择谁呢？"海豚"独自在高档的餐厅孤独地吃着东西，而贤瑚却和有罗一起在游泳馆听着演讲。"老师您喜欢过某个人吗？您和喜欢的人在一起时也会开心，也会觉得很舒服吗？"有罗向贤瑚告白说他喜欢她。差一步进入吻戏。

结尾

游泳馆前。贤瑚的告白。两个人都确认了彼此的心意。在两人打着同一把雨伞向前走的画面中结束。

→结尾。总共 34 页的篇幅

3. 使用冲突进行叙事

电视剧《小英是我妈妈》叙事戏

英淑　小英！

小英　放开！我不想再和你一起生活了！

小英，甩开英淑的手，大步向前走。

英淑，嘴里喊着"小英！"，又再一次追上，抓住小英。

英淑　你要去哪？你要去哪，小英？！！

小英　我要到爸爸那里去！

英淑　（做出吓了一跳的表情）

小英　（气呼呼的）我要告诉爸爸……妈妈不听我的话。

　　　　也要把你和其他叔叔约会的事情一起告诉他！！

　　　　（说着大步向前）

英淑　（受到打击跌坐下去发呆）

小英　（停下来回头看了一下）

英淑　（呆呆地看着小英……无力的）……小英。

小英　……我爸爸到底是谁？

英淑　（嘴唇在颤动）

小英　是谁？是家具店的大叔吗？是酒坊的大叔吗？

英淑　（眼含热泪）

小英　到底是谁？！！

英淑　（强忍泪水）

小英　不知道吗？你不知道我爸爸是谁吗？你真的不知

　　　　道吗？

英淑　（眼泪哗哗地往下流）

小英　（声音越来越大，带着指责）连名字都不知道吗？

英淑　……（艰难地说着）不知道他在什么地方。我也……

　　　　很久之前就搬走了，不知道现在在什么地方（说

　　　　着这话，因为伤心痛哭了出来）。

小英　（流下眼泪）

英淑　（失声痛哭）

小英　（看到英淑哭出来，她开始慌张开始内疚）妈……
　　　　妈妈……不要哭了……（说着轻轻地抱住她）

英淑　（边哭边把小英抱得紧紧的）

小英　（看了一眼站在远处的光植）那个大叔也不是真
　　　　心地喜欢你。

英淑　……

小英　就算女人再漂亮，男人也只喜欢聪明的女人。除
　　　　了姥姥和我，没有人真心喜欢妈妈你。

英淑　（痛苦地闭上眼）

小英　你为什么像傻子一样连这都不懂……我每天都告
　　　　诉你，你为什么每天都会忘记？

英淑　（抱着小英痛哭）

可以看到在远处，怀着复杂的心情看着这边的光植。

4. 展示人物状况的蒙太奇技法（1）

电视剧《守护 BOSS》蒙太奇戏

S#1. 恩雪面试蒙太奇

面试官 虽然你的学分非常优秀，但是学校离首尔非——
　　　　常远。你上高中时应该没怎么学习吧？

恩雪 （虽然有点紧张，马上得体的）对，这点我承认。
　　　　当时……应该就是那样的年纪吧。（在她貌似想
　　　　到了过去的表情中）

突然，闯入画面的是女高中生恩雪。蘑菇头、裙子校
服配上运动裤，一看就是大姐大的形象！恩雪的周围全部

都是蘑菇头的明兰和朋友们，正在怒目和男同学对峙。

恩雪　我警告过你们吧。敢动我们学校的人就死定了（看
　　　　到男同学们在嘲笑）。臭小子们。你们是想几个
　　　　一起上啊，还是单挑啊？（向明兰点头示意）就
　　　　让他们全军覆没！

话一说完马上帅气地飞起一脚，踢中他们中头目的头，
接着明兰她们冲过来和男同学们厮打在一起的画面。

恩雪　当时……应该就是那样的年纪吧。可以说比起读
　　　　书来说，更加珍惜朋友间的友谊。虽然成绩稍微
　　　　差了一点，但我绝不后悔那段岁月。因为那是让
　　　　我学会人与人之间的信任，是段很珍贵的时间。

现在 / 另一个面试官

恩雪　啊？（笑着摇头）学生会并不是为了示威游行。

大学生恩雪，正在进行反对大学入学金的示威活动。
可以看到过激的标语。这时恩雪站在台上。

恩雪　利用教育做买卖吗？收走的钱快吐出来！把发了
　　　　疯的入学金降下来！

以恩雪为中心，学生们齐齐地站起来，就像要进行剃头仪式一般悲壮地拿起理发器的画面。

恩雪 (E) 我通过学生会学到的就是领导力……我亲身体会到，真正的领导力就是理解和关怀他人的魄力。

现在 / 另一个面试官

恩雪 看到我的高分和资格证，会误以为我只有 spec（求职过程中所需的学历、学分、托业成绩），其他方面都比较弱。该做的我可都做过了呢。就像刚才说过的恋爱……也曾谈过这种真挚的让人心痛的恋爱（突然就像眼中出现泪水似的）。对不起。想到了痛苦的回忆……

只看一眼就知道和时尚毫不相关的学习虫恩雪，怀里抱着一大堆专业书籍。她面前站着一个拿着一束玫瑰花的男同学。

恩雪 （对男同学说）爱情？那是什么？是 spec 吗？还是给狗吧。

239

恩雪抛开受挫的男同学，继续向前走，突然鼻血流了下来。她像是见怪不怪似的，随手一擦继续向前走。

S#7. 大街上（各个不同的日子）

模仿穿普拉达的女王

在大街上奔跑的恩雪。手里提满了志宪要求的食物和咖啡，腋下夹着笔记本，还把手机拿在手上。这时候手机铃声响了起来。恩雪匆忙去接。

恩雪　是，本部长！

志宪　朴常务的电话号码是什么来着？

恩雪　（马上用非常困难的姿势翻阅笔记本）是，那个，等会儿……

接着不小心把食物都掉到了地上，她匆忙蹲下去捡。这时候过来一辆汽车遮住了蹲下的恩雪（第一天）。

汽车经过后，不同服装，不同发型的恩雪还是提着打包的食物，咖啡拼命地跑着。过程中差点撞到人。边说着对不起边跑过人行道（第二天）。

又是另一天。快要过人行道时前面快速地经过一辆摩托车。因为这样再一次把所有的食物掉到地上！"喂！你，给我站住！"再一次往反方向奔跑的恩雪（第三天）。

S#8. 志宪的办公室（和上面一样的日常）

志宪嫌弃的看着食物。恩雪无精打采地站在他的面前。

志宪　（用手指弹起煮熟的胡萝卜）我说过我讨厌做熟的胡萝卜了吧（又弹出整块的大蒜）。还有整块的大蒜，也讨厌（弹出的大蒜正好打在恩雪的额头上）（第一天）。

喝了一口咖啡后，马上喷出来。志宪重重地放下咖啡。

志宪　冰都化了。温水啊！重新给我买回来，5分钟之内！
恩雪　（匆忙离开）（第二天）。

志宪，再一次重重地放下三明治！

志宪　不会好好做吗！
恩雪　（终于忍不住）就那样吃吧，你这小子！（出拳重重地打中志宪的脸）

但是那只是想象中的场景，现实是：

恩雪　（鞠躬）我重新去买。（马上跑出去）（第三天）。

5. 展示人物状况的蒙太奇技法（2）

电视剧《要先接吻吗？》蒙太奇戏

S#3. 武寒的房子（夜）

在关了灯的大厅里，向着对方的方向走过去的两个人。

突然看见了对方！

纯真　（突然开始紧张）……

武寒　（突然开始紧张）……

纯真　（率先对他微笑）……

武寒　（看到她的微笑后，眼中出现了泪水）……

纯真　（看到他眼中的泪水后，眼眶开始湿润）……

武寒　（流下眼泪）……

纯真　（呆呆地望着他，过了一会儿，她想像第 8 集的
　　　　28 场戏一样过去给武寒擦下眼泪，并和他深情地
　　　　接吻，但是！）

武寒　（向后躲避）

纯真　（有了预感，僵在原地）

武寒　我就要死了！

纯真　（因为打击！）

武寒　（因为痛苦！）

纯真　（一动不动地看着他，直到实在承受不住坐了下
　　　　来！）

武寒　（默默的）对不起！

纯真　（默默的）那你之前所说的一个月是……！

武寒　（默默的）医生告诉我的！说我还有一个月的时
　　　　间！

纯真　（那一瞬间已经无力抬起头，只能凝视着地板！）

武寒　（用凄凉的眼神看着她的样子，只能硬撑着不让
　　　　自己倒下来！）

纯真　（喘不上气了！她用手紧紧地按住胸口！带着失
　　　　魂的表情冲了出去！）

一直死死地硬撑着自己回头看一眼的冲动，直到听到关门的声音，才终于承受不住跌坐下来。

S#4. 马路旁的街道（夜）

无人的清晨街道。
带着想脱逃的心情，光脚穿着鞋子，
像被追赶一样，走得踉踉跄跄的纯真。

S#5. 汉江桥（夜）

毫无目的地走到了这里。
纯真停在了桥的中间，
桥上匆匆地跑过汽车。
纯真茫然地站在那里，任由清晨的江风吹过。
凌厉的风吹起她的发丝和薄薄的衣襟。

S#6. 武寒的房子（夜）

依然是跌坐在地上。"就这样结束了！这次真的已经结束了！"

命运就这样把他仅剩的一个月都夺走了，他已经绝望到了极点。

S#7. 紫霞门隧道内人行道的尽头（夜）

纯真，用仅剩下的，随时都有可能倒下的躯壳，向前走着。

发现已经走到了尽头！

她看着已无路可走的，黑暗的隧道。

看着每一个堵住去路的墙壁，呆呆地转身，

但是她没有走回去的自信，所以只能蹲在原地。

她的四面都是墙壁，镜头渐渐拉远……

Copyright © 2019 by SON JEONG HYUN
All rights reserved.
Original Korean edition published by eeuncontents Co. Ltd.
Chinese(simplified) Translation rights arranged with eeuncontents Co. Ltd.
Chinese(simplified) Translation Copyright © 2023 by China Nationality Culture
Press Co.,Ltd.
Through M.J. Agency.
著作权合同登记号：图字 01-2023-3262

图书在版编目（CIP）数据

爆款剧本密码 /（韩）孙正铉著；崔晓东译 . -- 北
京：中国民族文化出版社有限公司 , 2024.1
ISBN 978-7-5122-1774-4

Ⅰ . ①爆… Ⅱ . ①孙… ②崔… Ⅲ . ①电视文学剧本
－创作方法 Ⅳ . ① I053.5

中国国家版本馆 CIP 数据核字 (2023) 第 180279 号

爆款剧本密码
BAOKUAN JVBEN MIMA

作　　者　[韩] 孙正铉　　　责任编辑　赵　天
译　　者　崔晓东　　　　　　责任设计　姚　宇
责任校对　祁　明
出 版 者　中国民族文化出版社　地址：北京市东城区和平里北街 14 号
　　　　　邮编：100013　联系电话：010-84250639 64211754（传真）
印　　刷　小森印刷（北京）有限公司
开　　本　880mm×1230mm　1/32
印　　张　8.25
字　　数　138 千
版　　次　2024 年 1 月第 1 版第 1 次印刷
标准书号　ISBN 978-7-5122-1774-4
定　　价　62.80 元